KB118720

5년 만에 신혼여행

5년 만에 신혼여행

장강명 에세이

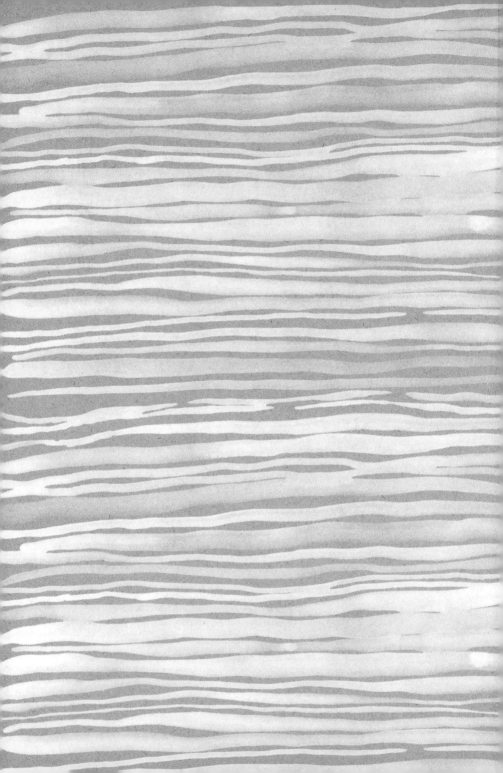

차례

2001년 ~ D-2개월

결혼을 해야 하는
데드라인과
사랑의 메신저

2001년 초에 HJ를 만났다. 9학기째 대학을 다니던 때였다. 개강 파티였나 선후배와의 만남이었나 뭐 그런 자리였다(지금 생각해보면 9학기째 학교에 다니는 주제에 그런 자리에는 왜 나갔나 싶다). HJ는 이미 그전부터 나를 알고 있었다고 했다. 과 행사에서 사회를 맡았던 나를 먼발치에서 봤다고 한다. 그리고 놀랍게도, 그때 이미 HJ는 '언젠가 저 오빠랑 내가 사귀겠구나'라고 생각했다고 한다.

내 경우에는 HJ와의 첫 만남이 그렇게 운명적으로까지 다가오지는 않았다. 그래도 상대가 나한테 적극적으로 공세를 펼치고 있다는 사실은 금방 알아챘다. 그러나 겉으로는 방어적인 태도를 취했는데, 대단한 이유는 없었다. 청개구리 기질과, 너무 저렴하게 넘어가면 안 된다는 생각 때문이었던 것 같다.

같은 과이긴 했지만 함께 듣는 수업은 없었기 때문에 그 뒤로는 몇 달간 만나지 못했다. '연락하면 분명히 답이 온다'는 감이 있었지만 역시 너무 싼 티 나게 보이면 안 된다는 생각이 들었고, 취업 준비에 전념해야 할 마지막 학기에 연애 궁리를 하는 것도 솔직히 부담이었다. 그러다 설계실에서 우연히 다시 HJ를 마주쳤는데 상대도 여전히 나를 의식하고 있음이 확실했다. 그때 HJ는 머리를 샛노랗게 염색한 상태였는데, 나는 그것도 마음에 들었다.

그 뒤로 우리는 몇 번 데이트를 했는데, 만나면 매번 술을 엄청 마셨다. 나나 그녀나 술 마시는 걸 원체 좋아하기도 했고, 둘 다 미친놈들처럼 술을 마시던 시절이라.

워낙 확 불이 붙었기에 공식적으로 연인 관계가 되기 전까지 별로 다른 일을 한 것도 없다. 노래방에 한번 갔는데 HJ가 거기서 자우림의 〈애인 발견!!〉을 불렀다. 뻔히 나 들으라고 부르는 노래였다. 영화도 한 편 봤는데 〈신라의 달밤〉이었다. 나는 그 영화가 너무 웃기고 재미있었는데 HJ는 별로 그렇지 않았다고 한다. 밤을 새워 술을 마신 적도 있다.

그러다 어느 날 밤 술을 마시고 그녀를 집까지 데려다주는데, 집 앞에 거의 다 와서는 헤어지기가 싫어서 또 술이나 마실까, 그런 이야기를 했고, 다시 학교 앞으로 가서 술을 마시고, 다시 집까지 바래다주던 길에 거리에서 키스를 했다. 그 뒤로 본격적으로 사귀게 되었다.

그해 겨울에 대판 싸워서 일주일인가 열흘인가 헤어졌다가 화해했다. 그 뒤로는 2년 남짓 잘 사귀다가, 2004년에 두 번째로 헤어졌다. HJ가 시민권 취득을 목표로 호주로 유학을 떠났다. 한국에서 살기 싫다면서 이민 가방을 꾸린 것이다(그렇습니다.《한국이 싫어서》앞부분은 제 아내의 이야기입니다). 나는 초짜 기자가 되었고, 한국에서 신문기자로 성공하고 싶었다. 이별할 때에는 굉장히 슬펐다.

그렇게 HJ와 헤어진 뒤에는 석 달 동안 소개팅을 열 번이나 하며 이성을 많이 만났다. 소개팅으로 알게 된 게 아닌 상대도 당연히 만났다. 몇 번씩 데이트를 한 아가씨도 있고, 진지하게 교제를 고민해본 상대도 있었다. 늘 찌질했던 내 연애 인생에서 유일하게 잠시 화려했던 기간이었다.

2004년 즈음에는 결혼을 해야 하는 데드라인에 대한 사회 통념이 남자 나이 서른셋, 여자 나이 서른 정도였다. 당시의 나는 사회 통념에 매우 순응하는 인간이었다. 그러니 그때 내게는 3년 가량 여유가 있는 셈이었다. 그런데 나는 좀 철이 없기도 했고, 은근히 연애관이 구식이었던 터라 '운명의 상대'에 대한 환상과

갈증이 늘 있었다. 나는 그 '운명의 상대'를 반드시 찾아 충분한 기간 연애를 한 뒤 결혼하겠다고 다짐했다. 그래서 이 시기 이성에 대한 나의 기준은 극히 높았다. 만나서 즐겁고 호감이 가는 정도로는 불충분했다. '운명적 끌림' 내지는 '영혼의 교감' 같은 게 있어야 했다. 연애를 책이나 영화로 배우면 이렇게 된다.

그런데 그런 상대는 당연히 만날 수 없었고, 나는 점점 내 운명의 짝은 지금 호주에 있는 게 아닌가 하는 생각이 들었다. 독하게 이별했던 터라 나는 HJ의 호주 연락처도 몰랐다. 그때 HJ의 동기이자 내게는 과 후배인 친구가 궁금하지 않느냐며 내게 HJ의 전화번호를 강제로 가르쳐주었다(이후 그 후배는 자기가 우리 사랑의 메신저라고 말하고 다녔다). HJ의 친구들은 내게 HJ가 아깝다고 여기면서도, 한편으로는 나와 HJ가 제법 잘 어울리는 짝이라고 생각했다.

그 연락처로 바로 전화를 걸었던 건 아니고, 몇 달 동안 그 전화번호를 그냥 알고만 있었다. 그러다가 그해 겨울에 전화를 걸었다. 그즈음에 나는 여자들을 만나는 일에도 지쳐 있던 상태였다. 나는 HJ에게 한국으로 돌아올 수 없느냐고 물었고, HJ는 거절했다. 그리고 며칠이 지나자 HJ가 내 운명의 상대라는 확신이 들었고, 결혼 데드라인이고 뭐고 그녀를 5년이나 7년쯤 기다릴 수도 있겠다는 생각이 들었다. HJ에게 다시 전화를 걸어서는

"평생을 기다릴 수도 있어"라고 말했다. 그렇게 해서 장거리 연애를 시작했다(그렇습니다. 《한국이 싫어서》의 '지명'이 바로 접니다).

30대 초반에 회사 선배나 취재원을 만나면 대체로 이런 대화가 오갔다. 장강명 씨는 결혼은 했나? 아니요, 안 했는데요. 그러면 사귀는 사람은 있는 거야? 예, 있습니다. 아, 여자친구 분은 뭐 하는 분이야? 지금 호주에서 공부합니다. 잉? 그럼 언제 돌아오는 거야? 글쎄요, 한 4, 5년 걸리지 않을까 싶은데요.

여기까지 말하고 나면 내 말을 진지하게 받아들이는 사람은 아무도 없었다. 부모님도 내 말을 전혀 귀담아듣지 않고 선을 보라고 종용했다. 그때는 어학연수니 유학이니를 가는 학생들이 지금처럼 많지도 않았고, 인터넷폰 같은 것들이 막 생긴 시절이라 장거리 연애에 대해서도 사람들은 잘 몰랐다. 장거리 연애에 성공했다는 커플도 못 봤고, 나와 HJ가 헤어지지 않고 서로를 끝까지 기다릴 거라고 믿는 사람도 우리뿐이었다.

HJ는 2008년에 귀국했고, 이후에 나와 1년 좀 넘게 동거했다. 그리고 2009년 여름에 결혼했다. 결혼식은 올리지 못했다. 내 부모님의 반대가 극심했기 때문이다. HJ 역시 우리 부모님에 대해 알레르기에 가까운 반응을 보였다.

인격자, 리더, 세계사의 위인들, 일일드라마의 주인공들이라면, 그런 갈등 상황에서 주위를 보듬고 다듬으며 양측을 설득해

화합을 끌어내고야 말 테지. 하지만 나는 그런 훌륭한 인간이 못 되었으므로 그냥 간단하게 부모님에게 연락을 하지 않는 방법을 택했다.

둘이 같이 마포구청에 가서 혼인신고를 했다. 각자 신분증을 들고 전철을 타고 마포구청에 가서 서류를 작성했다. 구청을 나와서는 근처 식당에서 순댓국을 먹었다. 예단이고 예물이고 아무것도 없었다. 내가 6년간의 원룸 생활을 마치고 구한 20평대 전세 아파트에 HJ가 들어왔다. HJ가 침대를 사 왔고, 장모님이 냉장고를 사주셨다. 그 냉장고는 지금까지도 우리 집에서 제일 고가인 가전제품이다. 그때까지 나는 침대 없이 방바닥에 매트리스를 깔고 자고 있었다. 내가 쓰던 냉장고에는 냉동실이 없었다. 모텔에서 흔히 볼 수 있는, 작고, 안에 알로에 음료나 비타500이 두 병 들어 있는, 그런 제품이었다.

그렇게 같이 살았다. 결혼한 사실을 한동안 아무에게도 알리지 않았고, 신혼여행도 가지 않았다. 대신 작게 신문광고를 냈다. 우리 결혼한다고, 축하해달라고. 두 사람 이름을 거기에 썼다. 광고는 〈한겨레〉에 1단짜리를 냈는데 기묘한 우연의 일치로 몇 년 뒤에 나는 한겨레문학상을 타게 된다.

그 얼마 뒤부터 결혼 여부를 묻는 질문에 유부남이라고 대답하기 시작했다. "강명 씨가 결혼식을 언제 올렸지? 난 초대 못

받은 것 같은데"라고 되묻는 사람은 물론 아무도 없었다.

우리는 아이를 갖지 않고 둘이서 잘 살기로 했다. 그런 결심을 하고 나는 신촌의 비뇨기과에 가서 정관수술을 받았다. 어영부 영하다가 결심이 흔들릴 게 두려웠다. 비뇨기과 의사가 "자녀는 몇 분입니까?"라고 물었을 때 "둘 있습니다"라고 거짓말했다.

양립할 수 없는
가치와 세계사의
위인들

　대체로 무언가를 때려치우거나 무언가로부터 도망치면서 정체성을 쌓아오지 않았나 싶다. 고등학생 때에도 대학생 때에도 학교를 때려치워야겠다고 마음먹은 적이 있는데, 실제로 그 생각을 행동으로 옮겼더라면 어떤 삶을 살게 됐을지 궁금하다.

　군대에 있을 때 기자가 되어야겠다고 결심했다. 병장 때쯤. 기자가 되고 싶어서 그런 결심을 한 게 맞지만, 공업수학에서 도망치고 싶은 마음도 없지 않았다. 적어도 공학을 더 공부하는 게 내 길이 아님은 분명해 보였다. 공업수학 강의를 들으면서 그때까지 평생 어떤 공부를 하면서도 얻지 못한 교훈을 배웠다. 바로 '아, 내 머리는 여기까지구나'라는 깨달음이었다.

　대학 4학년 때부터 본격적으로 언론사 준비 스터디를 쫓아다니며 신문사와 방송사 입사 준비를 했다. 공대생이었으니 주변에 기자가 된 사람도 없었고 기자가 되려는 사람도 없어서 고생을 꽤 했다. 주변 반응도 '언론사 시험을 치겠다고? 그런데 넌 공대생이잖아'였다. 언론사 스터디에 들어가기조차 어려웠다.

4학년 때부터 9학기째까지, 메이저 언론사에는 다 입사지원서를 냈는데 모두 떨어졌다. 개중 몇 곳에는 최종 면접까지 갔던 터라 실망이 더욱 컸다. 결국 내가 취직한 곳은 어느 대기업 계열 건설사였다.

그 회사를 다섯 달 정도 다니다가 사표를 냈다. 한 방송사 공채가 진행 중이었는데, 이 공채 전형에는 중간에 합숙 평가를 받아야 하는 일정이 있었다. 내가 만약 합숙 평가를 받게 된다면 회사에 결근해야 할 터였다. 그런 상황에 닥쳐서 할머니가 편찮으시다든가 하는 속 보이는 이유를 대느니 그냥 미리 사표를 쓰는 게 나을 것 같았다. 건설 회사에 계속 다니는 게 내 길이 아님도 분명해 보였다. 그래서 사표를 냈다. 그런데 문제의 방송사 공채에서는 합숙 전형에 가보지도 못하고 보기 좋게 미끄러졌다.

회사를 그만두는 데에 대한 집안의 반대는 이루 말할 수 없을 지경이었다. 그 건설사가 부모님이 젊었던 시절에 워낙 유명했던 기업인 탓도 있었던 것 같다. 아버지는 내가 기자가 될 수 있을 거라고는 생각하지 않으셨고, 그런 말을 입 밖으로 내기도 했다.

그렇게 눈치 보며 지내느니 혼자 나와서 사는 게 낫겠다 싶어서 집에서 도망쳐 나와 고시원 방을 얻었다. 낮에는 영어 교재를 만드는 회사에서 아르바이트를 하고, 저녁에는 언론사 시험을 준비했다. 옷이 몇 벌 없어서 매일 세탁을 하고 늘 티셔츠에 청바지 차림으로 다녔다. 마릴린 맨슨 티셔츠 몇 장을 번갈아가며 입고 다녔다. 부모님과는 연락을 끊었다. 다행히 몇 달 뒤에 신문사에 합격했다. 초짜 신문기자일 때에는 그 고시원에 살면서 출퇴근했다. 그러다 원룸을 구했다.

신문사에 다니는 동안에는 정말 열심히 일했다. 우리는 반기마다 상대평가를 받았는데 나는 늘 성적이 상위권이거나 최상위권이었다. 회사 안팎에서 주는 각종 기자상도 제법 받았다. 친구나 가족보다 더 끈끈한 사이로 지내는 선배, 동료, 후배도 많았다. 하루에 열두 시간보다 적게 일한 날은 기자 생활을 통틀어 정말 며칠 되지 않는다. 문자 그대로 청춘을 다 바쳤다. 힘들었지만 즐거웠던 기간이었다.

그러나 10년 조금 넘게 일한 뒤에, 거기서도 '이 일을 계속하는 건 내 길이 아니다'라고 깨닫게 되는 때가 왔다. 기자라는 일을 하다 보면 이런저런 자기혐오와 회의감에 빠질 수밖에 없다. 그 업무 자체가 양립할 수 없는 가치(예를 들어 '신속'과 '정확' 같은 것)를 하나의 이야기에, 또 한 개인에게 과도하게 요구한다. 단순히 노동 강도만 높은 게 아니라 사람을 계속해서 강한 도덕적 긴장 상태로 몰아넣는다. 사람을 그런 중노동과 도덕적 딜레마에 동시에 빠뜨리는 직업도 흔치 않을 것이다. 법조인 정도?

그와 별도로 회사가 나아가는 방향이나 논조가 나와 맞지 않아 고민이 될 때도 있었고, 하루만 지나면 잊힐 기사에 내 삶을 바치는 것이 무의미하다는 생각도 종종 들었다. 신문은 사양산업이 되었고, 우울하고 패배적인 공기가 업계에 가득했다. 중요한 결정을 내려야 할 간부들이 그런 절박함 때문에 실수를 자주 했다. 사람이 절박해지면 시야가 좁아지고 생각이 완고해지기 마련이다. 한국 신문들이 보수와 진보를 가리지 않고 최근 몇 년 동안 사이좋게 동반 타락한 이유도 아마 그 때문이리라.

그러다가 결정적인 사건이 터졌는데, 그날 나는 국회 기자실에서 일하다가 전화기 전원을 끄고 그냥 집에 가버렸다. 그 길로 10년 근속 휴가를 신청하고 휴가가 끝날 때 사직서를 제출했다. 물론 황당하고 무책임한 행동이었다. 그런 내 모습이 부끄러워서 한동안 누구의 전화도 받지 않고, 회사 선배나 동기나 후배와도 만나지 않았다. '난 왜 이렇게 사고뭉치일까? 이렇게 좌충우돌하면서 살 수밖에 없는 인간인 걸까?'라는 생각을 수천 번도 넘게 했다.

회사를 그만뒀을 때는 이미 소설가로 등단을 한 상태였다. 나는 방에 틀어박혀 아무것도 하지 않고 소설을 쓰기 시작했다. HJ에게는 딱 1년 반만 시간을 달라고 부탁했다. 그 뒤로 만 1년 동안 장편소설을 다섯 편 썼지만, 단 한 권도 출간되지 않았다. 돈은 30만 원쯤 벌었다. 단편소설 하나가 책 읽어주는 라디오 프로그램에서 낭독되었고, 과학기술인이 보는 잡지에 서평을 하나 실었다. 그 외에는 빈 맥주병을 마트에 가져다주고 돈을 받았고, 알라딘 중고서점에 책을 팔았다.

인격자, 리더, 세계사의 위인들, 일일드라마의 주인공들이라면, 그런 상황에서도 스스로를 믿고 '난 할 수 있다'며 결의를 다지겠지. 나는 그런 훌륭한 인간이 못 되었으므로 끊임없이 번민했다.

내가 과연 성공할 수 있을까?

내가 옳은 선택을 한 걸까?

이렇게 사는 게 맞는 걸까?

마흔이 되어서까지 그런 걸 고민한다는 게 이상했다.

보라!
울트라 괴기 시리즈와
모험을 벌여야 할 때

추석 연휴 전날에 신혼여행지를 보라카이로 정했다.

신혼여행은 11월에 가기로 했다. 우리가 혼인신고를 올린 지만 5년하고 3개월이 되는 때다.

"그런데 거기를 3박 4일로 가, 아니면 4박 5일로 가? 아니면 5박 6일?"

내가 물었다.

"아마 3박 5일일 거야. 거기 좀 멀어. 원한다면 여행 상품을 보여주겠다."

HJ의 손은 벌써 컴퓨터 마우스 위에 올려져 있었다. 틈만 나면 새로 생긴 맛집과 여행지, 그리고 부동산 정보를 검색하는 게 그녀의 취미다. 내 취미는 리그베다 위키(Rigveda Wiki)에서 SF와 애니메이션, 그리고 그 밖의 쓰잘머리 없는 오타쿠 정보를 검색하는 것이다.

나는 됐다고 대답하고 내 노트북으로 리그베다 위키 검색창에 '보라카이'를 입력했다. 놀랍게도 리그베다 위키에는 보라카이 항목이 없었다. KBS 성우인 '강보라' 항목도 있고, 포켓몬스터의 공격 기술인 '눈보라' 항목도 있고, '보라! 울트라 괴기 시리즈' 항목도 있지만 보라카이는 없었다. 위키니트들의 관심사를 벗어난 관광지였다.

위키피디아에 들어가서 보라카이를 찾았다. 그때까지 내가 보라카이에 대해 알고 있는 지식이라고는 휴양지라는 것과 필리핀의 섬이라는 사실 두 가지뿐이었다. 이제 나는 보라카이에 '화이트 비치'라는 유명한 해변이 있고, 관광객들이 백사장의 모래를 병에 넣어 가면 안 되며, 섬 안에서는 엔진이 달린 자전거 택시 '베디카부'나 삼륜 택시 '트라이시클'을 타고 이동하면 된다는 사실을 알게 되었다. 보라카이의 해변 사진들은 아름다웠다. 거기서 종일 수영을 하다가 모래사장에 누워 맥주를 마시길 반복하면 정말 근사할 것 같았다. 밤바다에서 수영도 해보고 싶었다.

결혼식을 올리지 않았기 때문에 나는 회사에서 결혼 휴가를 받지 못했고, 신혼여행도 가지 않았다. HJ와 혼인신고를 한 뒤로 사흘 넘게 둘이 여행을 간 게 딱 한 번뿐이었다. 중국 장자제(張

家界)로, 단체 여행을 갔다. 그 단체 여행 팀에서 우리가 제일 젊었다. 나머지는 다 할머니, 할아버지들이었다.

일단 두 사람 다 직장 생활을 하다 보니 휴가를 맞추기가 힘들었다. 나는 회사 문화가 후져서, HJ는 작은 회사라 대체 인원이 빠듯해서, 원하는 때 마음대로 휴가원을 내기 어려웠다. 게다가 나부터가 휴가 때 별로 여행을 가고 싶어 하지 않았다. 휴가를 받으면 방에 틀어박혀 일주일 내내 소설을 썼다. 등단작인 《표백》의 3분의 1 정도를 아마 그런 식으로 휴가 때 썼을 것이다. 휴가를 마치고 회사에 돌아가서 동료들로부터 "어디 갔다 왔어?"라는 질문을 받으면 "캄보디아요"라든가 "일본이요"라고 내키는 대로 대답했다.

회사를 그만둔 다음에는 이제 HJ의 일정에 언제든 내가 맞출 수 있게 됐고, 소설을 쓸 시간도 충분했으므로 둘이 여행을 가기로 했다. 처음에는 3월에 터키 여행을 가기로 했다. 터키! 문명의 교차로! 동양과 서양의 만남!

그런데 막상 3월이 되자 HJ와 나는 '우리가 지금 터키에 가도 될 처지인가'라는 생각에 빠졌다. 누가 먼저랄 것도 없이 "지금은 때가 아닌 거 같다"고 말했다. 터키 대신 일본에 가기로 했다. 터키보다야 못하지만 일본도 괜찮지. 그런데 여름이 되자 그것마저도 가는 게 두려워졌다. 이사를 한 뒤로 나는 이제 빈 맥주

병도 마트에 팔지 못하고 있었다.

결국 우리는 여름에 그냥 1박 2일로 역삼동에 있는 비즈니스 호텔에 다녀왔다. 주변은 온통 룸살롱이었지만, 호텔 자체는 근사했다. 옥상에 작은 수영장이 있었는데, 우리는 거기서 수영도 하고 낮잠도 자고 맥주도 마셨다. 호텔 숙박권은 HJ가 소셜커머스 사이트에서 싸게 샀다.

그러다 8월에 내가 상금 5000만 원짜리 문학상에 당선이 되었고, 조금 여유를 누려도 될 것 같았다. 우리는 11월에 여행을 가기로 했다. 겨울을 견디기 힘들어하는 HJ는 그때쯤 따뜻한 섬으로 여행을 가면 원기를 충전해 두세 달을 버틸 수 있을 것 같다고 했다. 그러면서 그녀는 후보지로 오키나와와 보라카이를 골랐다.

신혼여행지를 보라카이로 정하면서, 나는 며칠 뒤인 추석에 반바지를 입고 처가에 가면 안 되느냐고 HJ에게 물었다.

"장인어른이랑 장모님한테 자기가 얘기 좀 해주면 안 돼? '장서방 이번에 반바지 입고 샌들 신고 와도 되지?'라고 문자 좀 보내드려봐. 분명히 괜찮다고 답장하실 테니 그러면 안심하고 내가……."

"반바지 입고 가게? 긴 바지에 양말 신어. 위에 티셔츠 입는 건 괜찮지만."

HJ가 대꾸했다.

"반바지 입으면 안 돼?"

뜻밖의 반응에 놀라 내가 되물었다.

"꼭 반바지 입어야 돼? 그 사람들 그렇게 편한 사람들 아니야."

HJ는 그러면서 건조대 위에 자기 반바지를 올려놓았다. 내가 조금 전에 빤 걸레 위였다. "그 걸레 젖은 거야"라고 지적해주자 얼른 바지를 들어 다른 자리에 놨다. 그녀는 고개를 갸우뚱하다가 내게 물었다.

"하긴, 반바지 입고 가면 안 될 건 또 뭐야? 우리 아버지도 자기 올 때 만날 난닝구 입고 있지 않아?"

"아니, 자기 아버지 속옷 입고 계신 건 본 적 없는 거 같은데."

"그래?"

나도 고개를 갸웃했다. 장인이 속옷 바람으로 나를 맞으신 적이 있는 것 같기도 하고 없는 것 같기도 하고……. 처가에 가서 장인 옷차림에 신경 써본 일이 없었다. 나는 처가에 있는 게 그리 불편하지 않았다. 장인 장모는 내게 친절하면서도 무관심했다. 그리고 사실 나도 그들에게 별 관심이 없었다.

명절에 처가에 가면 일단 식사를 한다. 상을 물린 다음에는 HJ

와 처제들은 TV를 본다. 그럴 때면 나는 뒤에 앉아 집에서 가져
온 책을 읽는다. 그렇게 한두 시간 책을 읽다가 장모님이 만드신
반찬들을 받아 집으로 돌아온다. 우리는 차가 없어서 반찬을 싼
보자기를 들고 택시나 지하철을 타야 한다.

반면 HJ는 명절에 우리 부모님 댁에 가지 않았다. 설이나 추석
에 나는 부모님 댁에 혼자 간다. 내가 내린 결정이다.

이 글을 보면 아니라며 펄쩍 뛰실 테지만, 어머니가 HJ를 싫어
했다. 그녀의 어떤 특성을 마음에 안 들어 하는 게 아니라 그냥
내 아내라는 점을 싫어했다. 한국 어머니들은 며느리를 질투한
다. 우리 어머니의 경우에는, 내가 사귄 여자들을 모두 싫어했다.

HJ도 내 부모님을 싫어했다. 처음에 나는 그것이 우리 부모님
이 그녀를 싫어하는 데 대한 반작용인 줄 알았다. 그런데 나중에
알고 보니 아니었다. 그런 것 치고는 반응이 너무 격렬했다. HJ
가 이런 진단에 펄쩍 뛸지 아닐지는 모르겠지만, 그녀에게 우리
부모님은 두 사람의 개인이 아니라, 어떤 거대한 상징으로 다가
오는 듯했다. 그녀를 구속하려는 한국적인 것들. 성차별. 출산과
육아. 유교. 대한민국 그 자체.

솔직히 말하면 부모님과 HJ를 설득해서 서로를 존중하고 아
끼고 사랑하게 만들 자신이 없었다. 1, 2년으로 될 작업이 아니
었다. 양측에 최소한 3년은 전력을 다해야 할 것 같았다. 그 3년

간 아마 나는 HJ에게 부당한 비난을 받고, 부모님의 무리한 요구를 웃어넘기며 진이 다 빠지고 말겠지. 그러고 싶지 않았다.

우선 내 감정이 중요하다. 나는 즐겁게 살고 싶다. 내 인생 3년을 그런 쓸모없는 일에, LPG 가스통과 화기를 서로 친하게 만드는 작업에 낭비하고 싶지 않다. 기회비용도 엄청나다. 그런 일에 신경 쓰지 않고 오로지 나 자신에게 집중해 건강하고 활기 넘치는 감정 상태로 스스로를 가꾸면 3년 동안 장편소설을 최소한 다섯 편은 쓸 수 있다. 내가 건강하고 활기 넘치는 감정 상태로 있어야 아내도 사랑하고 부모님도 사랑할 수 있다. 남을 사랑하는 일에도 에너지가 든다.

솔직히 내 부모님과 HJ가 왜 서로 친하게 지내야 하는지 잘 모르겠다. 명절에 싫다는 아내를 자기 부모님 댁으로 굳이 데리고 가는 남자들은 왜 그러는 걸까. 보기 싫은 친지들을 만나러 큰집에 가는 사람들의 심리는 뭘까. 해마다 명절이 지나면 이혼 상담이 급증하고 형제간 폭행으로 누군가 사망했다는 기사가 꼭 나오는데, 다들 그런 위험을 각오하고 친지들을 만나는 걸까.

아닐 거라고 생각한다. 아마 그 사람들 대부분은 자신들이 원하는 바가 뭔지 정확히 모를 것이다. 그냥 막연히 명절에는 가족이 다 모여야 한다고 하니까 그에 따라 행동하는 것일 뿐이다. 어떤 사람들은 자신이 원하는 바가 뭔지 알지만, 관습의 압력에 맞설 용기가 없다. 어떤 사람들에게는 경제적인 동기가 영향을 미친다. 부모님에게 사업 자금을 빌리기 위해서라든가 그들을 저렴한 베이비시터로 활용하기 위해 평소에 다소간의 투자를 해야 한다.

나는 그런 사례에 하나도 해당하지 않는다. 나는 살고 싶은 인생의 방식이 있다. 내가 꿈꾸는 이상적인 삶의 모습을 그리고, 거기에 필요한 리스트를 혼자 작성해보기도 한다. 그 리스트 가장 위에 써 있는 항목은 물론 HJ와 나의 행복한 결혼 생활이다. 다음으로 소설가로서의 성공이 있다. 부모님과 잘 지내는 일도 그 리스트에 올라 있다. 그 그림에는 나와 HJ 사이에서 꼬리를 흔들며 뛰어다니는 충직한 개도 한 마리 있다. 그러나 부모님과 HJ와 내 동생 부부와 조카가 나란히 서서 드라마 〈왕가네 식구들〉 마지막 장면 같은 분위기로 화기애애하게 웃는 모습 같은 건 그 그림에 애초에 없다.

부모님은 그런 그림을 그리고 있는 걸까? 그 그림에 내가 협조해야 하는 걸까? 글쎄. 우리 집 창고 문에는 '효도는 셀프'라는 스티커가 붙어 있다(HJ가 붙였다). 내 부모님은 나에게 효도를 받고, HJ의 부모님은 HJ에게 효도를 받으면 안 될까?

기타노 다케시는 가족에 대해 "누가 보지만 않으면 내다 버리고 싶은 존재"라고 말했다. 내 가족관은 기타노 다케시보다 훨씬 건강하다. 나는 내 가족을 아무도 내다 버리고 싶지 않다. 다만 그들을 서로 만나게 하지 않을 뿐이다. 그들이 서로를 대형 폐기물로 여기지 않게 하기 위해.

신혼여행지를 보라카이로 정하고 나서 며칠 뒤, HJ는 우리가 살 여행 상품 후보를 보여주었다. '특급 리조트 필리핀항공 3박 5일 자유 여행+왕복 픽업 서비스 포함!' 상품이다. 이 여행사는 최근 여행 업계에서 떠오르는 다크호스라고 한다. 원래 일본 전문 여행사였는데 이번에 동남아까지 시장을 넓히려 하고 있고, 그래서 이 상품이 싸게 나왔다고.

HJ가 고른 리조트는 '보라카이가든'이라는 이름이었다. 디럭스룸 3박 기준 성인 781,800원. '스테이션 2 해변 앞, 리젠시 계열로 선호도 매우 높음. 커플 추천 리조트!'라는 설명이 달려 있었다. 화이트 비치 해변이 '스테이션 1'과 '스테이션 2'로 영역이 나뉘는 모양이었다.

"아주 최고급은 아니지만 되게 좋은 리조트야. 싼 데는 60만 원짜리도 있는데, 우리는 여기로 하려고. 이 리조트에는 수영장이 여러 개야. 이 리조트에서만 하루를 보내도 된단 뜻이지. 그리고 바닷가도 공짜니까, 굳이 액티비티를 많이 할 필요가 없어. 바다도 좋고, 모래도 좋으니까. 꼭 돈 들여서 활동하는 것보다

책 가져 가서 누워만 있어도 좋잖아."

HJ는 우리가 1인당 100만 원씩 신혼여행에 모두 200만 원 정도를 쓰게 될 거라고 설명했다.

"이 상품 가격에는 아침만 포함돼 있거든. 우리는 가서 하루에 두 끼만 먹자. 세 끼씩 먹을 필요 없잖아? 아침을 호텔에서 주는 걸로 배불리 먹고, 오후 네다섯 시쯤 저녁을 먹는 식으로 하자."

"군것질도 해야지."

내가 말했다.

"그렇지. 과일 주스랑 카페라테도 사 먹어야지."

HJ가 대답했다. 내가 생각한 군것질은 과일 주스나 카페라테보다는 튀김이랑 맥주 쪽인데……. 어쨌든 그런 군것질과 저녁 식사비, 쇼핑과 레저 활동을 하는 데 한 사람당 20만 원쯤 더 쓰자고 예산을 잡았다.

"우선 선셋 세일링을 해야지. 이게 뭐냐면, 사실 좀 시시해. 배 타고 바다에 나가 노을을 구경하는 거야. 우리가 보라카이에 저녁에 도착하거든. 그러니까 첫날 저녁에 이거부터 할 거야."

"다른 것도 다 할래. 호핑도 하고 제트스키랑 바나나보트도 하고. 세일링 보트는 뭔가?"

여행사 홈페이지를 보며 내가 물었다.

"세일링 보트가 선셋 세일링이야. 이게 제일 싸. 만 원이야. 배

BORACAY ISLAND

에 오른 뒤에 하는 게 없거든. 낮에 세일링을 하면 덥잖아. 그러니까 저녁에 하는 거지. 다른 건 안 해."

"이거 재미있을 거 같은데, 호핑. 배에서 뭘 먹고 그러는 건가 보지?"

"하지 마. 배 위에서 뭐 먹으면 뱃멀미 나서 토 쏠려. 그리고 게는 먹고 싶지 않아. 껍데기 까기 귀찮아. 이걸 이렇게 게 모양 그대로 주면 어떻게 먹나?"

나는 다른 레저 활동을 권해봤지만 HJ는 심드렁했다. ATV나 버그카에도 관심 없고, 마사지도 받지 않겠다고 했다. 하지만 뭔가 하나는 해보고 싶다고 했다.

"그거 뭐더라? 스크루 드라이버인가? 그거는 하고 싶은데."

"스크루 드라이버는 나사못 박는 드라이버잖아. 스쿠버다이빙 얘기하는 거야?"

내가 되물었다.

"아니, 그거 말고 얕은 데서 하는 거. 스크루 드라이버 아닌가?"

"스크루 드라이버는 회전하는 드라이버라는 뜻이라니까. 스쿠버다이빙 얘기하는 거 아니야?"

"산소통 메고 들어가는 거 말고 수면 근처에서 하는 거. 그건 공짜라던데. 아! 스노클링!"

내가 여행사 홈페이지 사진 속 여성들이 여행사 직원들일까 전문 모델일까를 궁금해하는 동안 HJ는 보라카이가 살짝 위험한 땅이라고 말해줬다.

　"외교부에서 위험한 나라들을 네 단계로 구분하는데, 여기가 여행 유의 지역이야. 그런데 내가 인터넷에서 찾아보니까 여행 유의 지역은 그냥 여행 가도 괜찮대."

　"아, 그래? 내가 한번 외교부 사이트 가서 찾아볼게."

　그러면서 나는 HJ에게 상품이 마음에 든다며 결제하라고 일렀다.

　"외교부에 가서 안전 등급 찾아본다며?"

　"아니, 그건 그냥 궁금해서 찾아보겠다는 거고. 보라카이는 갈 거야. 다른 나라에서 보기에는 한국이 보라카이보다 더 위험할걸? 북핵 위기가 발생하면 우리나라는 여행 금지 지역 되고 그러는 거 아니야?"

　홈페이지 사진 속 여성들의 정체가 못내 궁금했던 나는 이 아가씨들이 걸그룹 멤버냐고 물어봤다가 HJ에게 핀잔을 들었다. 여행사가 모델을 고용할 돈이 어디 있느냐며. 당연히 여행사 직원들이라는 것이었다. HJ는 "요즘은 다 예쁘잖아"라고 말했다. 그리고 여행사 상품을 거의 구매할 거 같긴 하지만, 아직 마음을 확실히 굳히진 않았다고 덧붙였다. 휴가 일정도 확실치 않고, 찾아볼 여행 정보도 많아서.

나는 외교부 해외안전여행 홈페이지에 들어가서 나라별 여행 경보 지정 현황을 살펴봤다. 필리핀에서 수비크 시와 보라카이, 보홀 섬, 세부 막탄 섬이 여행 유의 지역이었다. 내가 출장을 다녀왔던 나라나 도시들이 상당수 여행 유의 지역으로 지정돼 있었다. 중국-북한 국경지대, 인도, 볼리비아 등.

외교부의 나라별 여행경보제도는 아주 좋은 제도라고 생각하지만, 어쩐지 자식을 과보호하는 부모를 보는 듯한 기분도 들었다. 말하자면 나의 부모님.

나와 부모님은 서로 데면데면하다. 부모님은 나를 사랑하신다. 나도 그들을 사랑한다. 그러나 우리의 궁합은 매우 안 좋다. 부모님과 나는 어떤 점은 놀랄 정도로 닮았고, 어떤 점은 매우 다르다. 고집스러움, 오만함, 독선적인 태도는 비슷하다. 반면 성공에 대한 기준이라든가, 야심이라든가, 다른 사람들의 시선을 어떻게 받아들이느냐 하는 문제에서는 서로 생각이 극과 극에 있다. 성격은 비슷하고 가치관이 다르다. 최악의 조합이다.

내가 부모님의 영향력으로부터 완전히 벗어나기 전까지, 부모님과 나의 관계는 이러했다. 내가 내 딴에 옳은 일이라고 생각하는 무언가를 추진한다. 부모님이 보시기에 그 일은 완전히 비상

식적인 일이다. 부모님이 반대한다. 언쟁을 벌이고, 그 과정에서 서로 상대를 모욕한다. 폭언을 퍼붓는다. 양쪽이 다 상처를 입는다. 결국 나는 내 마음대로 한다.

양쪽이 똑같이 잘못했나? 그렇지 않다. 언쟁을 벌이는 과정에서부터 부모님의 잘못이다. 자식이 자기가 생각하는 방향으로 살지 않을 때, 거기에 부모가 반대할 권리는 없다. 반대는 할 수 있어도, 모욕할 권리는 없다. 왜냐하면 그건 부모 인생이 아니라 자식 인생이기 때문이다.

우리 부모님이 특별히 나쁜 분들은 아니다. 사실 이건 대부분의 한국 부모들이 공통으로 갖는 문제다. 자식들의 인생에 과도하게 간섭하는 것. 자식이 타인임을 인정하지 못하는 것. 자식들의 인생에 영향을 미치기 위해 정신적인 폭력을 서슴지 않는 것. 그리고 나는 그 부모들을 이해한다.

그런 폭력의 원인은 대부분 사랑 때문이다. 아이러니하게도. 그들은 자식을 너무 사랑하기 때문에, 자식이 위험에 빠지는 광경을 두고 볼 수가 없다. 그들은 안락한 감옥을 만들어 자식을 그 안에 가두고 싶어 한다. 과보호.

그리고 그 감옥 안에 갇혀 있는 한 자식은 영원히 성인이 될 수 없다. 인간은 자기 인생을 걸고 도박을 하는 순간부터 어른이 된다. 그러지 못하는 인간은 영원히 애완동물이다.

나는 그런 '애완 인간'을 여럿 봤다. '헬리콥터 맘'은 언론의 과장이 아니었다. 나는 사표를 스스로 낼 용기가 없어서 아버지가 대신 사직서를 내준 젊은 엘리트를 안다. 학벌도 좋고 영어도 잘하는 청년이었다. 그러나 애완 인간이었다. 희고 고운 피부 아래, 순하고 눈망울이 여린, 바들바들 떨고 있는 소형견이 들어 있었다. 그런 애완 인간임이 분명한 변호사도 한 명 안다. 스펙은 좋지만 속은 비어 있다. 자기 인생을 살지 못하는 인간들이다. 신자유주의가 어쩌고 시민 불복종이 어쩌고 코스프레를 하지만 시누이에게는 입도 뻥긋하지 못하는 겁쟁이들. 추상적인 적을 상대할 때에만 저항 정신을 열변할 수 있는 비겁자들. 그래서 자꾸 거대한 상상의 적을 만들어내는 음모론자들. 교수, 판검사, 의사, 약사, 회계사, MBA, 대기업 직원 중에 그런 애완 인간들 많을 거다. 요즘 한국에서는 애완 인간으로 살아야 그런 직업을 가질 확률이 높아진다. 자기 돈으로 미국 유학을 가거나 로스쿨 학비를 댈 수 있는 20대가 몇이나 되나.

나를 향한 부모님의 사랑이 잘못된 것인가? 부모님의 판단이 그른 것인가? 사랑 자체야 뭐 그리 잘못되었으랴. 내가 들개 같은 기질로 무모한 시도를 벌였던 것도 사실이다. 기자가 되겠다고 깝죽대다 실패하고 남들보다 1, 2년 늦게 엔지니어의 삶을 살았을 수도 있다. 전업 작가 한다고 설치다 돈이 떨어져 이름 없는 주간지 기자로 재취업하거나 홍보 업계로 빠졌을 수도 있다. 외국에 있는 여자친구를 기다리다 배신당하고 혼기를 놓쳤을 수도 있다.

하지만 부모님이 원하던 대로 살았어도 시시한 삶이었을 건 분명하다. 모든 게 거짓말처럼 잘 풀렸다면, 지금쯤 건설회사 과장이나 차장쯤 돼 있을 것 같다. 선으로 만난 여자와 결혼해 아이를 하나나 둘쯤 가졌을지도 모르겠다. 내 목숨만큼 아내를 사랑한다는 확신도 없고, 내가 하는 일이 정말 하고 싶었던 일이라는 생각도 안 들 테지. 그럴싸한 취미 한둘을 누리면서, 아이들이랑 캠핑이라도 가서, 좋은 음악을 듣거나 술을 마시면서 '이만하면 내 인생 나쁘지 않잖아?'라고 생각한다. 정말 자신할 수 있는 건 자식들에 대한 사랑 정도. 그래서 나도 그 아이들에게 안전한 삶을 가르친다. 외국어 유치원에 등록하고, 유기농 간식을 먹이고, 뉴질랜드로 홈스테이를 보내면서. 그런 지원을 하기 위해 은행 대출을 받으면서.

그러나 심지어 그 삶조차 그리 안전하지 않다. 내가 다니던 건설회사는 이후에 여러 비리 의혹에 휘말렸다. 하청 업체 관련 비리 의혹, 담합 비리 의혹, 부실 공사 비리 의혹 등등. 그 회사에 남았더라면, 나도 그 비리에 연루됐을 수도 있다. 부모의 뜻을 거역하지 못하는 착한 월급쟁이 장강명이 하늘 같은 상사의 지시를 거부할 수 있었을 리 없다.

건설 경기가 추락하면서, 그 회사가 참여했던 거대한 부동산 개발 사업이 좌초되었다. 단군 이래 최대 개발 사업 어쩌고 하던 프로젝트는 파산해서 단군 이래 최대 법정 소송이 되었다. 그 바람에 그 건설사에서 나온 지인들이 있다. 나도 어쩌면 그때 옷을 벗게 됐을지도 모른다. 누가 장담할 수 있을까.

아내가 바람을 피울 수도 있다. 몸이 아픈 아이를 낳을 수도 있다. 아이가 나를 싫어할지도 모른다. 승진을 거듭해 임원이 될 가능성은 평균 1퍼센트라고 한다. 미국발, 아니면 유럽발, 중국발 경제 위기가 우리 가족을 덮칠 수도 있다. 인생은 위험하다. '안전한 삶'에 대한 기대는 망상이다. 안전띠는 매야 한다. 그러나 운전이 무섭다고 어디든 걸어 다니겠다는 것은 바보짓이다. 걸어 다니다가도 차에 치여 죽을 수 있다.

자식이 위험에 빠지길 바라는 부모는 없다. 그런데 모험에는 언제나 위험이 따른다. 그러므로 자식에게 모험을 권하는 부모도 없다(선량한 부모들이 자식에게 모험을 허락하는 순간은, 자식에게 닥칠 최악의 위험도 자신들이 수습할 수 있을 때이다. 그래서 부자 부모 아래서 자란 젊은이가 더 많은 모험을 누리게 되고, 더 진취적인 사고방식을 지니게 된다).

그러나 인생에는, 부잣집에서 태어났건 아니건 간에, 그리고 부모가 뭐라 하건 간에, 위험을 무릅쓰고 모험을 벌여야 할 때가 반드시 찾아온다. 그렇지 않다면 그건 인생이 아니다. 그건 사는 게 아니다.

미친 짓거리의
뼈대와
사람 뇌로 만든
도시락

　신혼여행을 떠나기 한 달쯤 전에 구로구청에 가서 여권을 새
로 만들었다. 예전 여권의 기한이 만료된 걸 몰랐다. HJ가 여권
유효기간을 확인해보라고 알려줬기에 망정이지, 하마터면 공항
에서 울면서 집으로 돌아올 뻔했다.

　구청 앞의 사진관에서 여권 사진을 찍었는데 사진값이 매우
쌌고 사장님 부부는 아주 친절하셨다. 사진값이 너무 싸서 되물
어야 했을 정도였다. 사장님은 얼굴이 유홍준 전(前) 문화재청장
과 닮았다. 그런데 내 여권 사진은 어째 야비한 표정을 지으며
죽은 사람처럼 나왔다.

　구청 건물 안팎에는 공무원 연금 개혁에 반대하는 현수막과
총궐기대회 안내 포스터가 곳곳에 붙어 있었다. 여권을 받는 것
도 아니고 신청 서류를 접수하는 데에만 시간이 꽤 걸렸다. 내

옛 여권에는 성과 이름 사이에 빈칸이 두 개 찍혀 있는데, 그게 전산상으로 한 칸으로 줄여지지 않는다고 했다. 담당 직원이 다른 직원을 불러 방법을 묻고 어딘가로 전화를 걸어 조치해달라고 요청하기도 했다.

"그 빈칸 하나가 그렇게 문제가 되나 보죠?"

내가 구청 직원에게 물었다.

"네, 상대 국가에서 이상하게 볼 수도 있으니까……."

"그러면 저는 여태까지 계속 잘못된 영문 이름으로 외국을 나갔던 건가요?"

"예."

'여태까지는 빈칸 두 개짜리 이름으로 잘만 나갔지 않냐'고 따지려는 건 아니었는데 결과적으로 그렇게 되어버렸다. 여권 신청 서류 접수계 직원은 갑자기 딴청을 피웠고, 나도 고개를 돌렸다. 어깨띠를 한 아주머니가 그 틈을 놓치지 않고 끼어들어 내게 구로구청 민원 만족도 설문지를 내밀었다.

그즈음에 선글라스도 샀다. 안경원 네 곳을 돌아다닌 끝에 테크노마트 신도림점에 있는 가게에서 싸게 샀다. 안경원에서 내가 선글라스를 처음 쓰자마자 HJ가 웃음을 터뜨렸다. 안경원 아저씨도 따라 웃으려다 황급히 표정을 수습했다. 나는 선글라스를 쓰면 영락없이 〈아기공룡 둘리〉의 마이콜이 됐다. 가뜩이나 머리도 파마했는데. 왜 이렇게 알이 큰 선글라스만 파는 거지? 어쩌다 이런 물건이 유행하게 됐지? 왜 다른 사람들은 이런 선글라스를 써도 괜찮은데, 나만 개그 캐릭터가 되는 거지?

선글라스와 함께 셀카봉도 샀다. 롯데리아에서 세트 메뉴를 먹으면 셀카봉을 3000원에 준다고 해서 그걸 사려고 했는데 HJ가 반대했다. 한번 사면 오래 쓸 물건인 만큼 좋은 거로 사고 싶다나. 그녀는 블루투스 리모컨이 있는 꽤 비싼 셀카봉을 인터넷으로 구매했다. 블루투스 기능이 있는 제품은 몇 개 가진 게 있지만, 실제로 블루투스 기능을 써보는 건 처음이었다.

"거기가 보라카이에서 제일 큰 리조트야. 보라카이 섬의 3분의 1이 그 리조트야. 대신에 좀 외진 곳에 있어."

우리는 신도림에서 쌀국수를 먹고 있었다. HJ는 1인당 78만 원짜리 여행사 상품을 63만 원짜리 다른 여행사 상품으로 바꾸기로 했다고 나에게 설명하는 중이었다. 보라카이가든 리조트가 부분 공사에 들어간 상태이기 때문이다. 또 그 리조트는 시내 중심가에 있어 주변이 너무 복잡하다고 한다. 그녀가 정한 이번 여행 콘셉트는 '휴양'이기 때문에 보라카이가든 리조트는 그런 콘셉트와 맞지 않는다는 것이었다.

"이 상품이 왜 그렇게 싼지 궁금하겠지? 우선 첫 번째로 여기는 교통이 좀 불편해. 보라카이가 생각보다 큰 섬이더라고. 외진 곳이랑 시내랑 차로 15분 정도 걸린대. 두 번째 이유는, 여기가 워낙 방이 많아서 그래. 되게 큰 골프 클럽이라 객실이 엄청 많은 거야. 그래서 시설에 비해서 방값이 되게 싸. 방이 너무 많아서 얘네는 항상 공실이 있는 거 같아. 보라카이 시내에 있는 호텔은 객실이 그렇게 많지 않아. 그래서 단가를 그렇게 후려칠 수가 없어. 후려칠 필요도 없지. 객실이 서른 개면 어떻게든 차지 않겠어? 하지만 객실이 300개면 매일 남아도는 방이 꽤 생기는 거지. 그렇게 생각해보니까 오히려 어떻게 보면 더 낫겠다 싶은 생각이 드는 거야. 크니까 수영장도 네 개야. 전용 비치도 있어. 중심가에 있는 해변과 다르게 외진 곳이라 삐끼도 없고, 아예 사람이 없어. 바다는 우리가 전세를 냈다고 봐야 해. 어때, 괜찮지?"

HJ가 쌀국수를 먹으며 말했다. 나는 덜 졸인 짜파게티 같은 맛이 나는 미고랭을 먹고 있었다.

"음…… 세 번째 이유는 뭐야?"

내가 물었다. 사실 그 리조트가 보라카이가든 리조트보다 더 싼 이유가 그리 궁금하지는 않다. 쌀만 하니까 싸겠지, 뭐. 하지만 HJ가 이야기를 할 때는 적절한 호응이 중요하다. '어, 괜찮네, 자기가 알아서 해' 따위의 대꾸는 안 된다.

"세 번째 이유? 세 번째 이유는 없어."

HJ는 무슨 소리를 하는 거냐는 표정을 짓고 대답했다.

"음…… 그러면…… 거기는 이름이 뭐야?"

나는 말을 돌렸다.

"'페어웨이'. 정식 이름은 '페어웨이즈 앤 블루워터 골프 리조트 앤 컨트리 클럽'인데 그냥 페어웨이 리조트라고 부르면 돼. 우리가 외진 곳에 묵기는 하지만 그래도 시내는 왔다 갔다 해야 해. 맥주도 사고, 간식도 사고, 시내 맛집들도 가야 하잖아. 그러면 자, '이거 교통비 때문에 똔똔 되는 거 아니야?' 그렇게 걱정할 수도 있겠지? 그런데 한 시간에 한 번씩 시내로 가는 무료 셔틀버스가 있다고 하더라고."

"할인가라고 후진 방을 주면 어떻게 하지?"

"이미 다 알아봤어. 방은 다 똑같아. 골프장이 배경이야. 이 리조트에는 보라카이에서 제일 넓은 골프장이 있거든. 건물이 여섯 동쯤 되는데, 우리가 그중 어떤 건물에 묵을지는 이미 결정됐어. 터무니없이 이쪽 방은 바다 전망인데 저쪽 방은 벽 전망이고 그렇진 않아."

HJ가 설명했다. 무슨 인터넷 강의를 듣는 기분이었다.

HJ나 나나 둘째가라면 서러워할 실용주의자들이다. 우리는 언제나 가격 대비 성능비를 따진다. 불필요한 지출은 하지 않고, 허세도 부리지 않는다.

한국식 결혼식은 우리 생각에 그런 허세와 불필요한 지출의 결정체였다. 내 생각에는 전형적인 한국식 결혼식은 빼빼로데이와 매우 비슷하다. 언젠가부터 점점 호사스러워지고 있고, 장식이 본질을 압도하고 있으며, 이제는 거대 산업이 되어버렸다. 업체들이 호사스러움을 부추기고 있으며, 소비자들은 모두 그게 허세이고 바보 같다는 걸 알면서도 그 상술에 넘어가고야 만다.

여자들은 싫다고 하면서도 그 호사스러움에 은근히 끌리고, 남자들은 "그래도 평생에 한 번인데……"라는 권유 겸 협박을 이기지 못한다. 남들의 시선이 자식의 행복보다 중요한 부모들은 "요즘 이거 안 하는 분은 정말 안 계세요"라는 말에 넘어간다. 그리하여 그 괴상망측한 예식을 치르고 난 다음에는 합심해서 다른 희생자들을 찾아 나선다. "너희는 몇 평이니? 혼수는 어떻게 했니? 꾸밈비는 얼마나 받았니?" 따위를 물어보면서. "그래도 호텔에서 하는 게 보기에 낫긴 하더라"라거나 "장남이고 개혼인데 최소한은 받아야지"라거나 "남들 시선도 있는데"라고 핀잔을 주고, 때로는 위협하면서.

왜 이런 미친 짓거리가 사라지지 않을까?

내 생각에 그 이유는, 모든 사람들이 이 미친 짓거리에 협조하고 있기 때문이다. 구세대가 미친 짓거리의 뼈대를 세우고, 신세대가 거기에 살을 붙이고 있기 때문이다. 그 미친 짓거리에 협조하지 않는 자들을 "개 원래 좀 특이하잖아"라며 이단자 취급하기 때문이다. 그 미친 짓거리를 성대하게, 무의미하게 치러낼수록 찬탄을 사고 그 사실을 자랑스러워하기 때문이다.

미친 짓거리는 온 사회 구성원이 거기에 협조하는 한 결코 사라지지 않는다. 점점 더 강화될 뿐이다. 사교육이나 학벌 같은 문제가 그렇다. 언제나 더 똑똑하고 더 진보적인 다음 세대가 자신들의 앞 세대보다 더 미쳐 있었다. 그들은 새로운 관습과 새로운 문화와 새로운 편견과 새로운 속박을 만들어냈다. 할아버지와 할머니가 '명문대와 똥통대'라는 기준을 세웠고, 아버지와 어머니는 거기에 '인서울', '수도권', '지방대'라는 기준을 추가했다. 손자 손녀들은 '서연고 서성한 중경외시 건동홍 국숭세단 광명상가' 어쩌고 하는 긴 디테일을 만든다.

결혼도 똑같다. 부모들의 허영과 위선에 자식들이 적극적으로 협조한다. 스드메(스튜디오, 드레스, 메이크업), 프러포즈 이벤트, 답례 프러포즈, 브라이덜 샤워(처녀 파티), 꾸밈비, 헬퍼 이모님과 같은 신조어와 신문화를 창조하고 각종 혼수와 예단의 등급표를 만들면서. 어느 백화점 예단 포장이 더 고급스러우냐를 따지면서. 아버지의 기준을 거부하기는커녕 중경외시를 경중외시로 바

꿔야 하느냐 마느냐를 두고, 또는 남자가 몇 평짜리 집을 구해왔
는지를 두고 자존심 대결을 벌인다. 그러면서 어느 대기업 임원
중에서 자기 학교 출신이 많아졌다거나, 예물로 줄 7첩 반상기
세트를 생산업체 직구로 사서 몇만 원 절약했다고 기뻐한다.

이 점에서만큼은 자라나는 청소년 세대에게도 별 희망이 안
보인다. 빼빼로데이가 어떻게 호사스러워지고 있는지를 보면 금
방 알 수 있다. 두 세대쯤 더 지나면 빼빼로데이가 우리 민족 고
유의 명절이 될지도 모르겠다. 정월 대보름에 팔리는 나물이나
동짓날 판매되는 팥죽의 매출액이 11월 11일에 팔리는 빼빼로
관련 상품 매출의 10퍼센트라도 될까?

그렇지 않은 문제들도 있었다. 남녀차별이나 성희롱, 음주운
전, 공공장소 흡연과 같은 문제에 대해서는 맹렬히 저항하는 사
람들이 있었고, 그 결과 좀 더 살기 좋은 세상이 되었다. 그런데
왜 학벌이나 결혼 문제는, 그 부조리에 대해 "X이나 까세요"라
고 말하지 못하는 걸까.

그 이유는 아마 정체성 문제에 관한 한, 한국인들이 정신적으
로 허약해서라고 생각한다. 자기 삶의 가치에 대해 뚜렷한 믿음
이 없기에 정체성을 사회적 지위에서 찾는 것이다. 사회적 지위
는 대학 간판이나 자식 결혼식장에 모인 하객 수로 구체화된다.
그래서 다들 거기에 집착한다.

쌀국수를 먹고 집에 돌아온 HJ는 웹 브라우저에 탭을 다섯 개나 열어놓고 보라카이 여행 후기들을 살펴보았다. 나는 그 화면을 흘끔흘끔 쳐다보았다. '여기 주인장은 뭐 하는 사람인가' 싶은 블로그들이 많았다. 얼굴이 똑같이 생긴 여자들이 고급 레스토랑에 가서 맛있는 요리를 먹고 해외여행을 다니는 걸로 일상을 채우고 있었다.

"사전 리서치는 얼마나 열심히 해? 사이트 한 열 개쯤 봤어?"

내가 HJ의 발치에 앉아 물었다.

"여행 책은 대충 훑었고 지금은 페어웨이 리조트에 대한 블로그들을 보고 있지. 여행 후기는 스무 개 정도 읽었고. 음식점도 5일 동안 먹을 곳 하나하나 살펴봐야 돼."

"아주 계획을 철저하게 세우는구만. 우리 여행을 위해서 알아보는 게 아니지? 알아보는 거 자체가 즐거워서 알아보는 거지?"

내가 물었다. HJ는 그 말에는 대답하지 않고 자기 이야기를 시작했다.

"우리가 세부퍼시픽이라고, 필리핀 저가 항공을 타고 갈 예정이거든. 그런데 거기선 기내에서 먹을 거나 마실 걸 안 줘. 심지어 물조차도 안 줘. 그래서 비행기 타기 전에 잔뜩 먹어둬야 돼. 비행기에서도 아무것도 먹을 수 없고, 수속 시간에도 그렇고, 굉장히 오래 굶어야 해. 블로그 보면 다 똑같은 얘기야. '드디어 숙소에 도착했다, 너무 배가 고프다.' 어떤 사람은 리조트에 도착하자마자 룸서비스를 시키고, 피자 배달을 시키는 사람도 있어."

"잠깐, 필리핀 저가 항공이라고? 그럼 위험하지 않나? 사고가 나면 어떻게 하지?"

내가 물었다.

"사고 나는 거야 사고 나는 거지. 뭐 어쩔 건데? 고사라도 지낼 거야? 사고가 나면 그냥 죽는 거야. 그것보다 자칫 잘못하면 여덟 시간이나 굶게 되니까 그걸 대비해야 돼. 생각만 해도 무서워. 비행기에서 내리면 바로 보라카이가 아니거든. 공항에서 차도 타고 배도 타야 보라카이에 갈 수 있어. 나 배에서 굶어 죽는 거 아닐까."

HJ와 나는 체질이 매우 다르다. 그녀는 추위를 못 견뎌 하고 나는 더위에 맥을 못 춘다. HJ는 저혈당 증세가 있어서 밥을 제때 못 먹으면 신경이 날카로워지고 어지럼증을 느낀다. '끼니를 거를 수 있다'는 가능성이 그녀에게는 엄청난 공포다. 회사에서도 늘 포도 주스나 사탕 같은 걸 자리에 놔두고 배가 고파서 현기증이 날 때마다 주섬주섬 먹는다. 그런 그녀지만 자기 전에는 항상 속을 비워둔다. 배부른 채로 누웠다간 체하기 쉽기 때문이다.

반대로 나는 한 끼 정도 거르면 오히려 정신이 맑아지는 기분이 든다. 주말에는 하루에 한 끼만 먹기도 하고, 자취할 때에는 귀찮다는 이유로 하루 종일 아무것도 먹지 않은 날도 몇 번 있었다. 대신 나는 뭘 먹으면 급격히 대사율이 떨어져 겨울철 곰처럼 꼭 자야 한다. 당분이 많이 들어간 식사의 경우 숟가락을 내려놓기도 전에 하품이 나올 때도 있다.

"어…… 비행기에서 내리자마자 필리핀 공항에서 뭘 사 먹으면 되지 않을까?"

내가 제안했다.

"안 돼. 공항에 가면 픽업 차량이 기다리고 있어. 그 운전사한테 기다리세요, 그리고 우리만 뭘 먹을 순 없잖아. 다른 손님들도 탈 텐데."

"보라카이로 가는 배 타는 선착장 같은 데서 뭘 팔지 않을까 싶은데. 어묵 같은 거. 만약 안 팔면 우리가 거기서 팔면 되겠다. 파리바게트 빵 같은 걸 사 가서 다른 신혼부부들에게 파는 거지."

HJ는 내 말에 잠시 생각에 잠겼다. 그녀가 물었다.

"음식을 휴대 수하물로 들고 기내에 탈 수 있나?"

"탈 수 있지 않나? 영화 〈한니발〉에서 한니발 렉터 박사가 맨 마지막에 사람 뇌로 만든 도시락을 들고 비행기에 올라 자리에서 그걸 먹잖아. 다른 어린애한테 나눠주기도 하고."

"그건 외국 공항이잖아. 인천공항은 다를걸. 물이랑 음식이랑

다 뺏을걸."

"물만 뺏을걸. 한번 알아봐봐. 인터넷으로 검색해봐. 인천공항에 파리바게트는 없는지, 맥도날드나 KFC는 몇 시에 여는지도 검색해봐. 그런 거 알아보는 거 좋아하잖아."

"싫어."

HJ가 대답했다.

"왜?"

"그건 재미없어."

HJ와 나는 언제나 가격 대비 성능비를 따진다. 그러나 여기에서의 '성능'은 기대수익을 의미하지는 않는다. 만약 수익성을 따졌다면, 우리는 한국식 결혼식을 올렸어야 했다.

일반적으로는 결혼식에 드는 비용보다 결혼식 때 받는 축의금 수입이 높다고 한다. 특히 내 경우에는 남들보다 조금 더 높은 축의금 수입을 기대할 수 있었다. 신문사 정치부에 있을 때 선배들은 "정치부에 있을 때 결혼해라"라고 내게 충고했다. 보좌관이나 출입 기자가 국회 의원회관이나 의원동산에서 결혼식을 올리면 비용도 얼마 들지 않는 데다가 '수금'할 곳도 많으니까. 신랑도 신부도 혼주도 알지 못하는 국회의원이 화환을 보내기도 한다.

산업부에 있을 때 선배들은 "산업부에 있을 때 결혼해라"라고 내게 충고했다. 주말에 산업부 선배, 후배, 동기들 결혼식에 가면 각 기업 홍보 담당자들이 식장 입구에서 서성이고 있었다. 그들은 신랑이나 신부에게 눈도장을 찍은 뒤 다른 직원들에게 부탁받은 축의금 봉투를 한 다스쯤 두고 재빨리 사라졌다.

사실 신문기자뿐 아니라 거의 모든 한국인이 결혼식이나 장례식을 일종의 모금 행사로 여기는 듯했다. 자기가 살면서 여태까지 낸 선투자금을 계산하고, 회수할 수 있는 돈을 예상해 행사 예산을 짜고, 청첩장을 마구잡이로 뿌리고, 행사 뒤에는 자신에게 준 축의금 액수를 기준으로 지인들을 재분류하고.

이런 행위에 기막혀하는 것은 HJ도 마찬가지였다. 우리는 성격도 가치관도 비슷했다. HJ는 처음으로 다닌 회사에서 옆 부서 사람이 청첩장을 들고 왔을 때 충격을 받았다고 했다.

"그 사람이 나가자마자 옆에 있는 대리님이 표정을 확 바꾸면서 '아, 또야?' 이러고 한숨을 푹 쉬는 거야. 하나도 즐거워 보이지가 않더라고. 우리 어렸을 때 생일 파티에 누가 초대하면 되게 좋았잖아. 선물이랍시고 공책 같은 거 한 권 들고 가면서, 막 설렜잖아. 애들이랑 놀 생각에. 난 결혼식도 그런 파티의 연장선이라고 생각했던 거야. 그 이전에도 결혼식에 간 적이 있기는 했지. 대학 동기 중 처음으로 결혼한 애 결혼식에. 동기들이 다 모이고, 축의금 따위는 아무도 안 들고 오고, 그래서 즐거운 파티 같았어. 우르르 몰려가서 결혼식 음식을 와구와구 먹었지."

HJ의 말을 듣다가 그 광경이 생생하게 머릿속에 그려져 나는 웃었다. 동기 중에 처음으로 결혼하는 애가 생겼을 때 나도 그랬다.

"그런데 시간이 지나면서 남의 결혼식이 부담스러워지더라고. 돈도 돈이지만, 시간이 너무 아까워. 황금 같은 주말에 한나절이 날아가. 그리고 가보면 뭐 그 행사가 재미라도 있나. 매번 똑같은데, 성의 없는 뷔페 음식 차려져 있고, 신랑 신부 친구들은 별로 대접받지도 못해. 그 부모 친구들 잔치야. 내 생각에는 신랑 신부 친구들은 축의금을 내는 게 아니라 오히려 돈을 받아야 할 거 같아. 여기까지 와주셔서 감사하다고. 하긴 축의금 낸 거 아깝다고 애들 데려와서 뽕 뽑으려는 사람들도 있지. 정말 추해. 결혼식이니까 그나마 시간제한이라도 있지, 장례식에 가면 심심하던 차에 잘됐다, 이러면서 소주랑 육개장 엄청 먹어대는 할아버지들 많아."

우리는 그런 결혼식을 올리고 싶지 않았다.

나와 HJ가 가격 대비 성능비라고 할 때, 대체로 '성능'은 수치로 환산되는 경제적 효용을 의미했지만, 실은 그보다 큰 개념이었다. 그런 경제적 효용을 포함한 어떤 가치를 가리키는 말이었다.

HJ와 나는 '좋은' 결혼식을 올리고 싶었다. 우리가 생각하는 좋은 결혼식은 하객 수나 주례 선생님의 지명도나 식장의 위치나 장미 장식을 얼마짜리로 했는지나, 뷔페 코스 단가와는 아무런 관련이 없었다. 거둬들인 축의금 총 액수와도 아무 관련이 없었다. 하객 수는 적을수록 좋았고, 예식장도 작을수록 좋았다. 축의금도 받지 않고, 주례는 아예 두지 않을 생각이었다.

우리는 소극장에서 결혼식을 올리려고 했다. 총 하객 수는 100명 이내로, 나와 HJ의 친한 친구들과 양가 부모님만 불러서. 주례가 없는 대신 사회는 HJ의 대학 동기이자 나의 대학 후배인 여자 후배에게 맡기고, 하객들이 무대에 올라와 토크쇼처럼 진행하는 예식을 올리고 싶었다. 무대 공연도 전부 친구들이 하는 걸로 하고 싶었다.

그러다가 결국 그 구상을 포기했다. 결혼 승낙 자체도 받지 못했고, 누구와 결혼하든 이런 결혼식을 계획하고 있다는 말에 어머니가 펄펄 뛰었다. 소극장을 빌리고 생소한 이벤트를 준비할 생각을 하면 골치가 아팠다. 당사자인 우리도 바빠서 감당이 안 되는데, 친구들이 자기 역할을 준비할 시간이 있을지 의문이었다. 종국에는, 그냥 만사가 귀찮아졌다.

"우리가 결혼식을 올리지 않고 이렇게 결혼할 수 있었던 건 자기 덕이 아니라 내 덕분이라고 생각해. 나 같은 여자는 굉장히 드물거든."

HJ가 말했다.

"그래? 어떤 면에서?"

내가 물었다.

"여자들은 다 일생에 한 번쯤은 공주님이 되어보고 싶다는 욕망이 있어. 공주처럼 예쁜 옷을 입고, 공주가 사는 성에서, 공주가 올리는 식을 올리고 싶은 거지. 똑똑한 애들도 그래. '나 부잣집에 시집간다'고 자랑하고 싶은 게 아니야. 그리고 그 틈을 '공주님 마케팅'이 파고드는 거지. 요즘은 아기 돌 사진을 찍을 때도 스튜디오에서 엄마들을 그렇게 꾄다며. '이게 엄마가 예쁜 옷 입고 남들 앞에 나서는 마지막 기회다'라고. 다들 거기에 솔깃하지. 나도 예외는 아냐. 한 번쯤은 공주님이 되고 싶었어."

"그랬…… 어?"

"나는 사진을 찍어보고 싶었어. 웨딩 사진을. 결혼식은 안 올려도 좋으니까 자기랑 같이 스튜디오에 가서 사진을 찍고 싶었지. 요즘은 웨딩 사진들 재미있게 찍는 거 많잖아. 그런 커플 사진을 찍고 싶었어. 찍어야지, 찍어야지, 하다가 이제는 포기했지. 이젠 깨달았거든. 아, 나는 공주가 될 수 없구나. 아무리 비싼 드레스를 입어도 난 여배우 같은 모습이 나오지 않는구나. 포토샵으로 어떻게 흉내를 내볼 수야 있겠지. 하지만 그건 내가 아니잖아. 이걸 마흔이 다 되어서야 깨달은 거야. 이제 내가 받아들일 수 있게 된 거야. 그렇게도 인정하기 싫었던 사실이었는데, 받아들이고 나니까 좀 편해졌어. 외모 경쟁도 덜 하게 됐고."

나는 할 말이 없어져 그녀의 손을 잡았다. 잠시 뒤에 내가 말했다.

"우리, 나중에 나이 들어서 파티 열까? 은혼식 같은 거. 자기가 옛날에 좋아했던 어린애들 생일 파티처럼, 친한 사람만 불러서."

"너무 좋지. 그런 파티를 열게 되면 음악을 아주 빵빵하게 틀 거야."

"엄청 크게 틀어야지."

"철저하게 초대 위주로, 부르고 싶은 사람만 불러야지, 그때는. 그런 파티를 열려면 어느 정도 레벨이 되어 있어야 해. 우리가 직접 테이블 세팅하고 설거지하고 이런 건 싫어. 이벤트 업체 직원들이 다 차려주고, 나는 그냥 음악 선곡 정도만 하고 싶어."

음악을 좋아하는 HJ가 말했다.

D-1일

더블린에
있는 것과
사장님들이
정하는 것

　보라카이로 떠나기 전날에는 HJ가 출근을 한 사이 집을 청
소했다. 낮에는 자전거를 타고 구로도서관에 가서 책을 빌렸다.
이날 서울 최저기온은 2.7도, 최고기온은 14.6도였다. 약간 구름
낀 날.

　HJ가 책을 네 권 빌려달라고 했다. 그중에 보라카이 지도가
있는 여행 서적이 가장 중요했고, 나머지는 그녀가 여행 중에 읽
으려는 책들이었다. 아토다 다카시의 《시소게임》, 알랭 드 보통
의 《여행의 기술》, 그리고 박범신의 《은교》. 그녀는 이미 동네 북
카페에서 오가와 이토의 《따뜻함을 드세요》를 빌린 상태였다.
3박 5일 여행 일정 동안 책을 네 권이나 읽겠다는 것이었다. 나
도 나름 독서가 축에 드는 편이지만, 닷새 동안 네 권을 읽겠다
는 건 아무리 생각해도 과욕으로 보였다. 그래도 HJ는 고집을

꺾지 않았다.

어쨌든 도서관에 가서 HJ가 부탁한 책들을 빌렸다. 그런데 보라카이 여행 서적은 모두 다른 사람이 대출한 상태였다. 우리처럼 겨울에 필리핀에 가려는 사람이 또 있는 듯했다.

나는 '여행 가서 책을 읽긴 뭘 읽겠나' 하는 생각에, 처음에는 책을 빌리지 않으려 했다. 그런데 서가를 돌아다니다 제목이 끌리는 책이 있어서 같이 대출했다. 영국 철학자 존 그레이―《화성에서 온 남자, 금성에서 온 여자》의 저자와는 동명이인이다―의《동물들의 침묵》이라는 책이었다. 내가 동물을 좋아하기 때문에 호기심이 들기도 했고, '진보를 비롯한 오늘날의 파괴적 신화에 대하여'라는 부제도 마음에 들었다. 공교롭게 번역자도 개인적으로 아는 사람이었다. 특히 그리 두껍지 않으면서도 내용이 어려워 쉽게 읽히지 않을 것 같다는 점이 마음에 들었다.

여행을 갈 때 들고 가는 책은, 가벼우면서도 진도 안 나가는 물건이 최고다. 글이 너무 재미있고 감동적이면 여행의 감흥이 반감된다. 내가 강력히 추천하는 여행용 서적은 제임스 조이스의《더블린 사람들》이다. 얇은데 정말 더럽게 지루하다. 여행 중에 이 소설을 읽으면 여행의 재미가 틀림없이 배가된다. '내가 어디에 있건 더블린에 있는 것보다는 낫겠지' 하는 마음이 절로 드니까. 난 이 책을 언젠가 출장 갈 때 들고 갔는데 한 번에 읽지도 못해서, 다음, 그다음 출장 때까지도 들고 다녔다.

저녁에는 신도림역에서 퇴근하는 HJ를 만났다. 처가에 가서 우리가 키우던 달팽이를 장모님께 맡기고 저녁을 먹고 오기로 했다. 어쩌다 달팽이 같은 걸 키우게 됐는지 모르겠다.

지하철에서 HJ가 "기쁜 소식이 있어"라며 스마트폰을 꺼내 뭘 보여주려 했다. 나는 인터넷에서 보라카이 지도라도 찾았다는 이야기인 줄 알았다.

"짜잔! 테크노마트 경품 행사에서 자전거 당첨! 전에 안경원에서 선글라스 샀을 때 영수증이랑 같이 경품 복권 받았던 거 기억나? 그게 당첨이 된 거야!"

"엉? 진짜?"

"낮에 내가 일하고 있는데 테크노마트라면서 전화가 오더라고. 경품 행사에서 자전거가 당첨됐으니 찾아가라고. 그런데 원래 자전거가 80만 원짜리라서 제세공과금이니 뭐니 17만 원만 내면 된다는 거야. 그래서 내가 너무 기뻐서 통화를 마치고 자리에서 벌떡 일어나서 '오 대리! 나 자전거 당첨됐어요! 17만 원만 내면 80만 원짜리 자전거를 받을 수 있대!'라고 외쳤지. 그랬더니 오 대리가 '과장님, 그거 보이스피싱이에요' 그러더라고. 나도 '아, 그런가?' 싶어서 얼른 자리에 앉았지. 그런데 아무리 생각해도 이상한 거야. 보이스피싱이면 돈을 어디로 송금하라고 하지, 현금으로 들고 와서 내고 가라고 하지는 않을 거 아냐? 그래서 내가 테크노마트 홈페이지에 가서 경품 당첨자 명단을 찾아봤지. 아유, 찾는데 한참 걸렸어."

HJ가 재잘재잘 자랑을 하는 동안 나는 그녀의 휴대전화로 경품 목록과 당첨자 명단을 읽었다. 우리가 당첨된 상품인 '하이브리드 자전거'가 뭔지 몰라 검색을 했는데, 모터가 달린 제품이 아니라 로드 바이크와 MTB의 중간 형태라는 의미의 하이브리드라고 했다.

하이브리드 자전거는 경품 중 상당히 상위권에 있었다. 사실상 이 자전거 외에는 우리가 받더라도 쓸 수 있는 물건이 없었다. 기껏해야 상품권 정도였다. 침대나 대형 TV 같은 물건들은 받아도 좁은 집에 놔둘 곳이 없고, 스쿠터는 타고 다닐 생각이 없다.

"정말 잘 됐다. 안 그래도 타고 다니는 자전거에서 체인 소리가 심하게 났는데. 여태까지 타고 다니던 건 도서관 갈 때나 근처 볼 일 있을 때 타고, 새 자전거는 한강 놀러 갈 때 쓰면 되겠다."

"쓰던 건 버리지그래? 집에 놓을 곳도 없는데. 참, 제세공과금 낸 건 내년에 환급을 받을 수 있나 봐. 내가 다 찾아봤지."

이런 경품 행사에서 당첨이 된 건 우리 두 사람 모두에게 평생 처음 있는 일이었다. 테크노마트에서 안 팔리는 상품을 모아서 경품으로 만든 거 아닐까, 그래도 그게 어디냐, 자전거에는 당첨 됐는데 비행기 사고가 나서 죽는 거 아닐까, 어차피 비행기 사고로 죽을 거면 경품에 당첨된 다음에 죽는 게 낫다는 등의 이야기를 하면서 처가에 갔다.

처가에서는 떡만둣국을 먹었다. 정말 맛있었다. 여행 가기 전에 냉장고를 비워야 한다는 생각에 집에 있던 밥과 반찬을 다 먹고, 그즈음 인스턴트식품으로 연명하던 차였다. 전날 점심에는 롯데리아에서 할인 행사하는 데리버거를 두 개 먹고, 저녁에는 인스턴트 데리치킨과 식빵을 먹었다. 고생하던 위장에 따뜻한 국물이 들어가니 속이 녹아내리는 것 같았다. 조금 더 달라고 하고 싶은데 장모님이 권하지 않으셔서 그냥 가만히 앉아 있다가 HJ가 먹다 배부르다며 남긴 걸 먹었다.

돌아오는 길에는 지하철역 옆에 있는 파리바게트 매장에 들렀다. 빵 가게를 둘러보다가 나도 HJ도 놀랐다. 빵 가격이 신도림에 비해 너무 쌌기 때문이다. 빵을 여섯 개나 샀는데도 만 원이 채 되지 않았다. 나는 계산을 하면서 점원에게 "파리바게트는 지점마다 빵값이 다른가요?"라고 물어보았다. 점원은 매장마다 값도 다르고, 비치해놓는 빵 종류도 다르다고 대답했다. "가격을 그럼 누가 정하는 거예요" 하고 물었더니 점원은 "그냥 각 지점 사장님들이 정하는 거예요"라고 대답했다. 별것도 아닌데 되게 신기했다.

집에 와서는 휴대폰에 보라카이에서 들을 음악들을 골라 넣었다. 내 전화기는 구형이라 메모리 용량이 크지 않아서, 사진을 찍어 저장할 공간을 확보하려면 기존에 있던 파일들을 지워야 했다. 휴대전화 메모리를 싹 비운 뒤, 컴퓨터 하드디스크를 살피면서 듣고 싶은 노래들을 골라 한 곡씩 넣었다. 자연스럽게 나의 휴양지 버전 베스트 앨범이 만들어진 셈이었다.

어떤 아티스트의 곡이 제일 많이 선택되었는지 궁금해져서, 쭉 정렬을 해보았다. 제일 여러 곡이 있는 가수는…… 샤이니였다. 헉. 샤이니의 노래가 세 곡이었다. 나는 샤이니를 좋아하는 아저씨였던 것이다. 두 곡씩 뽑힌 아티스트는 마릴린 맨슨, 앨리스 인 체인스, 린킨 파크, 엘리 굴딩, 이상은, 이디오테잎, 그리고 크레용팝이었다.

"잠 안 오면 맥주라도 한잔하지?"

오후 11시쯤 침실로 들어갈 때 HJ가 물었다.

"안 마실래."

내가 대답했다.

"왜?"

"왜냐하면 난 보라카이에서 아침저녁으로 술을 마실 거거든. 5일 내내 술에 취해 있을 거야. 산 미구엘을 종류별로 다 마셔보겠어."

필리핀에서는 산 미구엘이 물보다 싸다고 들었다.

"스쿠버다이빙을 하기 전에는 너무 많이 마시지 마. 술 너무 많이 마시고 물에 들어가면 힘들대."

HJ는 결국 보라카이에서 할 레저 활동에서 스노클링을 빼고 대신 스쿠버다이빙을 추가했다. 내가 설득했다. 이번에 스쿠버다이빙을 하지 않으면 언제 또 해보겠느냐고.

"술 많이 마시면 물 밖에 있어도 힘들 텐데, 뭐 다를 거 있나."

"스쿠버다이빙을 하려면 배를 타고 좀 깊은 바다로 나가야 하거든. 한 10분 정도. 그런데 어떤 사람이 전날 술을 너무 많이 마셔서, 고작 10분 배를 탔는데도 멀미가 나더래. 그래서 스쿠버다이빙을 하다가 물속에서 결국 토를 하고 말았대. 그랬더니 물고기들이 그 토사물을 먹으려고 엄청 모여들더래. 그 사람이 충고하는 게, 물속에서 토하게 되면 꼭 해류를 등지고 해야 한대. 안 그러면 토한 걸 얼굴로 다 뒤집어쓰게 된다고."

음, 그것참 실질적인 조언이군요.

첫째 날 오전

EU의 블랙리스트와
독일군 포로수용소

　나는 잘 자지 못했다. 침대에 누워서 계속 '내가 소설가로 성공할 수 있을까?《호모도미난스》는 얼마나 팔릴까?' 따위의 생각을 하다가 잠을 설쳤다.

　칼리보 국제공항으로 떠나는 비행기는 아침 7시 55분에 이륙 예정이었다. 여행사에서는 새벽 5시 55분까지 인천공항에 오라고 했다.

　새벽 3시 반에 침대에서 좀비처럼 기어 나와 세수를 하고 화분에 물을 주었다. 찬물로 세수를 하니 콧물이 찔찔 났다. 새벽 4시 10분에 집에서 나왔다. 4시 반에 공항버스 종점인 쉐라톤호텔에 도착했다. 공항버스가 보이지 않아 호텔 직원에게 "여기가 공항버스 타는 곳 맞나요?" 하고 물었더니, 호텔 로비에 앉아서 기다리라고 했다.

추워서 몸이 덜덜 떨렸다. '혹시 보라카이도 추우면 어떻게 하지' 하고 겁이 덜컥 났는데, HJ도 같은 생각을 한 모양이었다. 그녀는 벌벌 떨면서 스마트폰으로 보라카이 현재 기온을 검색했다.

"보라카이도 온도가 25도밖에 안 되네, 지금."

HJ가 실망한 목소리로 말했다.

"25도면 여름도 아니잖아? 그리고 이제서야 보라카이 기온을 검색하는 거야? 여태까지 그냥 먹을 것만 열심히 찾았구나?"

"나 어떻게 하지? 지금 집에 가서 걸칠 옷 좀 가져올까?"

"지금 여기서 어떻게 집에 갔다 오냐?"

그런 대화를 나누고 나니 왠지 뭔가를 집에 놔두고 온 것 같은 기분이 들어 여권을 몇 번씩이나 확인했다.

인천공항으로 가는 리무진 버스 안에서도 잠을 거의 자지 못했다. 버스 의자가 묘하게 불편했다. 그 버스가 첫차인데도 인천공항고속도로로 들어갈 때 보니 빈자리가 한 석도 없었다. 비행기 승무원들이 많은 것 같았다.

비몽사몽인 상태로 버스에서 내려 공항에 들어갔다. 여행사 카운터에서 직원을 만나 일정표와 비행기 표를 받았다. 졸려서 정신이 없었다. 여행사 직원들은 매일 새벽부터 이렇게 일을 시작하는 건가⋯⋯. 계속 해롱대면서 항공사 데스크에 가서 탑승

수속을 밟았다. 비상구 좌석이 있으면 그 자리를 달라고 HJ가 요청했더니, 세부퍼시픽 직원은 "있기는 있는데 등받이가 뒤로 젖혀지지 않는 자리예요"라고 대답했다. 우리는 망설이다가 그래도 다른 자리보다는 낫겠지 싶어서 거기에 앉겠다고 했다. 그 순간에는 그게 큰 실수라는 사실을 몰랐다.

꾸벅꾸벅 졸면서 맥도날드에 가서 맥모닝 세트를 먹었다. 비행기에서 굶게 된다니까 의무감에 칼로리 높은 음식을 위장에 집어넣은 건데, 사실 졸려서 식욕이 하나도 없었다. 커피가 너무 뜨거워서 HJ는 혀를 다 데었다.

비행기를 타지도 않는데 몸은 장시간 비행을 마친 것과 비슷한 상태였다. 검색대를 통과하고, 출국 심사를 받고, 경전철을 타고 탑승동으로 이동했다. 7시 20분에 비행기에 탔다. 나는 비행기에 타자마자 HJ의 어깨에 기대 잠이 들었다. 등받이가 뒤로 젖혀지지 않는 좌석은 생각보다 훨씬 불편했다. 하지만 기내 공기가 따뜻하고, 또 몸이 너무 피곤했던 탓에 금방 잠에 빠져들었다. 잠을 자면서 비행기가 천천히 앞으로 나아가는 걸 느꼈다.

잠에서 깨어났을 때, 비행기는 하늘을 날고 있는 게 아니라 공항 활주로에 서 있었다. 설마 벌써 필리핀에 도착했나?

"우리 벌써 도착한 거야?"

내가 HJ에게 물었다.

"아니, 기체 정비 점검 때문에 뜨지도 못했어."

HJ가 대답했다. 시계를 보니 오전 8시 50분이었다. 한 시간 반 동안 이륙을 못 했다는 이야기였다.

조금 뒤에 안내 방송이 나왔다. 기체 점검을 조금 더 해야 하므로 승객 여러분은 죄송하지만 비행기에서 내려 게이트에서 기다려달라는 내용이었다. 내 옆자리에는 한 총각이 세상모르고 쿨쿨 자고 있었다. 총각의 동료가 그를 흔들어 깨웠다.

"야, 필리핀 다 왔어. 일어나."

총각은 깜짝 놀라 "진짜? 진짜?"라며 주변을 두리번거렸다.

게이트로 나와서는 할 일 없어서 면세점을 둘러보았다. 파리바게트 공항점에도 갔다. 파리바게트 인천공항점은 빵값이 무지하게 비싸서 기분이 좀 흐뭇해졌다. 빵 가격이 처가 근처에 있던 가게의 두 배도 넘었다. 푸드코트에 가서 맥주나 한 병 마실까 했는데, 버드와이저 한 병이 7000원인 걸 보고 식겁해서 마음을 접었다.

"집에서 딱 두 시간만 더 자고 나왔으면 아주 부푼 마음으로 나왔을 텐데."

HJ가 푸념했다.

"그러게. 지금 몸 상태만으로는 이미 필리핀에 도착한 상태야.

비행기에서 내려서 보라카이로 가는 배를 타러 갈 때쯤의 상태야."

내가 대답했다.

세부퍼시픽 5J0079편 승객들은 우리처럼 멍한 표정으로 게이트 주변을 서성였다. 항공사에서는 '한 시간만 더 기다려주세요', '30분 뒤에 더 기다려야 할지 안 기다려야 할지를 알려드리겠습니다'와 같은 안내 방송을 내보냈다.

오전 10시가 되자 세부퍼시픽 항공에서 승객들에게 식사 쿠폰을 나눠주었다. 푸드코트에서 8000원 이하인 메뉴를 먹을 수 있는 식권이었다. 밥을 먹고 11시 반까지 게이트로 돌아오라고 했다. 사람들은 줄을 서서 식권을 받은 뒤 좀비처럼 푸드코트로 걸어갔다.

"내가 지금 인터넷으로 '인천공항에서 항공기 결항 · 연착이 가장 심한 항공사'를 찾아봤거든. 그런데 세부퍼시픽이 3위야."

HJ가 휴대전화 화면을 보며 말했다. 1위는 에어아시아 제스트, 2위는 중국남방항공, 3위가 세부퍼시픽이었다.

"중국남방항공이 2위라고? 나 출장 가느라고 중국남방항공 여러 번 이용했는데, 괜찮았는데."

내가 말했다.

"에어아시아 제스트도 필리핀 항공사야. 어떻게 1위에서 3위까지 세 항공사 중에 두 항공사가 필리핀 거냐? 얘네들 문제가 좀 많은가 봐."

"글쎄, 2위가 남방항공인 걸 보면 꼭 항공사 탓이 아닐 수도 있지 않을까? 인천공항에서는 남서쪽으로 안개가 많이 껴서 그쪽으로 향하는 비행기는 자주 결항할 수밖에 없다거나……."

그러나 웹 서핑을 조금 더 해보니, 에어아시아 제스트와 세부퍼시픽은 둘 다 이 방면으로 악명을 날리는 항공사들이었다. 두 회사 모두 EU의 블랙리스트에 올라 유럽에는 아예 취항할 수도 없었다. EU 블랙리스트 항공사 중에 딱 세 개 항공사가 한국에 취항하는데, 그중 두 곳이 에어아시아 제스트와 세부퍼시픽이었다. 또 인천공항에서 결항률과 연착률이 높은 항공사 5위는 필리핀항공이었다.

푸드코트에 가보니 웬만한 메뉴는 다 가격이 8000원을 넘었다. 8000원 이하인 메뉴는 교자나 해물볶음 짜장면 같은 분식들이었다. 메뉴판을 보고 열심히 연구해서, 나는 롯데리아에서 카페라테와 유러피안치즈버거를 주문하고, HJ는 김밥에 해물라면을 먹기로 했다. 카페라테는 HJ가 마시고 싶다고 한 것이었다. 롯데리아 아르바이트생이 "유러피안치즈버거는 만드는 데 시간이 오래 걸리는데요"라고 노골적으로 툴툴거렸지만, 나는 그 메뉴를 달라고 고집했다. 알 게 뭐냐. 여기서 11시 반까지 시간을 보내야 하는데.

햄버거는 꽤 컸고, 라면도 의외로 양이 많았다. 식사를 마치고 나니 기분이 오히려 더 안 좋아졌다. 아침부터 맥모닝 세트를 먹고, 햄버거를 먹고, 라면도 먹고, 싸구려 음식을 계속 배에 꾸역꾸역 넣었더니 이제 토할 것 같은 기분이 되었다.

밥을 먹고 11시 반까지 게이트로 왔더니 탑승 시간이 또 지연됐다. 오후 1시 10분까지 기다려달라는 안내 방송이 나왔다. "아오, 죽겠네 진짜"라는 소리가 절로 나왔다.

"우리가 원래 아침 7시 55분에 출발해서 보라카이에 오후 3시 도착 예정이었지? 지금 출발하면……."

내가 물었다.

"밤 9시나 10시쯤? 그때 도착하면 숙소에서 밖으로 나오진 못해. 호텔 바에서 맥주 한잔할 수는 있겠지."

HJ는 여행사로 전화를 걸었다. 뜻밖에도 여행사에서는 '만약 오늘 비행기가 출발하지 않으면 전액 환불해주겠다'고 설명했다. 솔직히 기대하지 않았던 답이라 좀 놀랐다. 그렇게 흔쾌하게 100퍼센트 환불해주겠다는 걸 보니 보험 같은 걸 들어놓았는지도 모르겠다.

"오늘 어중간하게 출발하는 게 최악이겠군. 서너 시까지 이런다면……."

"난 끝내 못 뜰 거 같은 생각이 심하게 드는데."

HJ가 말했다.

"정비를 다 마치고 테스트 중이라며. 그건 고칠 건 다 고쳤고, 이제 테스트만 하면 된다는 얘기 아닌가?"

"그거 다 뻥 아니야? 테스트 중이라면서 두 시간 벌고 그런 거 아니야?"

어제까지만 해도 자전거 당첨됐다며 좋아하고 있었는데. HJ는 "어쩐지 보라카이가 싫더라. 오키나와가 당겼는데"라고 말했다. 나는 맥주가 당겼다. 쿠폰으로 햄버거를 사 먹지 말걸. 맥주를 마셨어야 했는데.

공항 의자에 앉아 《동물들의 침묵》을 읽었다. 독일군 포로수용소에 갇혔던 소련군 포로들의 이야기가 나왔다. 식량은 천 명 분량밖에 없었는데 포로는 만 명이었다. 생존자 중에 인육을 먹지 않은 사람은 한 명도 없었다. 동료가 죽으면 독일군이 시체를 끌고 나가기 전에 포로들이 죽은 자의 살점을 뜯어 먹으려고 서로 치고받으며 싸웠다.

그런 비참한 이야기를 읽고 있으려니 누구에게도 불만을 터뜨릴 수가 없었다. 다른 승객들도 항공사에 별로 항의를 하지 않았다. 세월호 여파도 있었던 듯했다. "그래도 안전한 게 제일이지"

라는 한숨이 이곳저곳에서 들렸다. 지친 표정으로 공항 청사에 앉아 있는 사람들의 표정은 딱 난민 같았다.

《동물들의 침묵》을 읽다 보니 몸도 마음도 너무 지쳐서 HJ 가 가져온 《여행의 기술》을 조금 읽었다. 이 책은 망한 영화 잡지 〈키노〉나 합정동의 고만고만한 카페들, 고도로 계산된 포즈로 털털한 척하는 인디 여가수와 비슷했다. 알랭 드 보통도 베르나르 베르베르와 좀 닮았다. 한국에서 아이돌 취급받는 거 하며, 시원하게 까진 대머리 하며, 스스로 대단한 깊이와 통찰을 지니고 있다고 믿는 자부심 하며. 몇 페이지 읽지 못하고 나는 금방 책장을 덮어버렸다.

다른 승객들도 서서히 지치기 시작했다. 우리 옆에 앉아 있던 아저씨들이 욕을 하면서 자리에서 일어났다. 아저씨들의 대화가 은근히 웃겼다.

"내가 이 고생을 하려고 새벽 3시에 일어난 거야?"

"여기만 있지 말고 3층으로 가. 3층이 쿠션이 끝내줘."

"거기 VIP 라운지 아니야?"

"아니야. 이쪽으로 와. 사람들이 왜 다 여기에만 있는지 모르겠네."

"에이, 올라가서 한잔해야겠다. 여보, 난 하이네켄 한잔하고 올게."

첫째 날 오후

귀신의 집과
쾌락의
총합 이론

비행기에 탑승하라는 안내 방송이 나온 것은 정확히 오후 1시 43분이었다. 솔직히 그 방송을 들으면서도 별로 안심이 되지는 않았다. 승객들 사이에서 '여섯 시간 넘게 비행기를 기다리면 항공사가 보상을 해줘야 한다'는 말이 돌았다. 오후 1시 55분이면 이륙을 기다린지 꼭 여섯 시간이 된다. 그래서 여섯 시간이 되기 전에 얼른 승객을 태우는 것 아닐까, 하는 의심이 들었다. 혹시 제대로 정비를 안 하고 그냥 이륙하려는 거라면 어떻게 하지?

승객들 얼굴에서는 설렘이라고는 전혀 찾아볼 수가 없었다. 다들 장시간 비행을 막 마친 표정이었다. 승무원들의 얼굴도 피로에 절어 있었다. 미안해서 그러는 건지, 지쳐서 그러는 건지, 탑승하는 승객들에게 제대로 인사도 안 하고 있었다.

"자기들도 짜증 나겠지. 우리도 회사 일 할 때 스케줄이 어긋

나면 짜증 나잖아."

HJ가 말했다.

"필리핀 사람들은 어떤 상황에서도 행복해한다더니 별로 그
렇지도 않네."

"내가 블로그에서 보니까 보라카이 현지인들은 항상 웃고 그
런대. 카메라 들이대면 자세 취해주고, 사진 같이 찍자고 하면
사양하질 않는대. 한국 사람들한테 '코리아 좋다'고 하고 밝은
표정이래. 그런데 물건값 깎아달라고 하면 갑자기 정색한대."

비행기가 날아오를 때면 항상 은밀한 소망에 휩싸였다. 이대
로 비행기가 추락하면 좋겠다는. 높은 곳에서 아래를 내려다볼
때 늘 뛰어내리고 싶은 충동을 느끼는 것과 비슷하다. 그런 생각
을 멈출 수가 없다. 무의식이 두려움을 그런 식으로 극복하려는
건지도 모른다.

비행기 추락 사고의 좋은 점은 부상의 우려가 없다는 점이다.

HJ는 자신도 비행기를 탈 때마다 죽음을 생각한다고 말했다.
특히 혼자 비행기를 탈 때. 그런 때 내가 지상에 남아 있으면 안
심이 된다고 했다.

"왜?"

작은 목소리로 내가 물었다.

"자기가 내 죽음을 수습해줄 테니까."

HJ가 속삭였다.

"수습? 무슨 수습? 자기가 비행기 사고로 죽는데 내가 뭘 수습
해?"

"부모님한테 연락하고 그런 것들. 지금은 둘이 같이 비행기를
타고 있으니까 그런 점이 걱정되네. 우리가 죽으면 우리 집 문은
나중에 누가 열까. 이런 거. 집주인이 난감해할 텐데."

"둘이 같이 죽는 건 축복이지. 나는 오히려 둘이 같이 비행기
에 타니까 안심이 되는데. 그리고 우리가 죽은 다음에 우리 집이
귀신의 집이 되건 말건 알 게 뭐야. 솔직히, 자기가 혼자 비행기
사고로 죽어도 내가 그렇게 수습을 잘할 것 같진 않아. 자기 장
례식에도 안 갈 거 같은데. 가서 뭘 하겠어? 그냥 방구석에 틀어
박혀 술이나 처마실 거 같아, 나는."

은밀히 추락을 바랐다는 이유로 옆자리 승객에게 미안하지
는 않다. 내가 행동을 하지 않는 한 그런 희망이 현실 세계에 영
향을 미치지는 않으니까. 더없이 선량한 마음으로 아무리 간절
히 바란다 해도. 어쩌면 내가 틀렸을 수도 있겠지만―세계가 유
물론적이지 않고 이원론적이며, 실제로 정신이 물질세계에 영향
을 미치는지도 모르겠지만―, 어쨌든 나는 철이 든 이후로는 늘
정신세계 같은 건 따로 존재하지 않는다는 자세로 살아왔다. 그
리고 내 생각에는 《시크릿》류의 자기 위안보다 이런 마음가짐이

세상을 살아가는 데 훨씬 더 낫다. 정확하게 현실을 파악하고 냉정하게 계획을 세울 수 있게 해준다.

HJ가 죽고 홀로 남으면 나는 어떻게 할까? 어떻게 될까? 간혹 그런 생각을 하는데, 어떤 때에는 그 의문이 실로 심오한 차원으로 이어진다. 진지하게 파고들면 이 질문은 언제나 인생의 의미라는 수수께끼로 이어진다.

가끔 HJ가 물어볼 때가 있다. "자기는 내가 죽으면 어떻게 할거야?" 그러면 그냥 나는, "나도 따라 죽을래, 살아서 뭐해"라고 말한다. 이 대답은 상당 부분 진심이다. 나는 종교도 없고 내세도 믿지 않는다. 아이도 낳을 수 없다. 만약 HJ가 여든 살 즈음에 죽는다면, 그때 나의 기대 수명이 10년가량 남았다면, 그때쯤 되면 돈도 별로 없고 어울릴 사람도 많지 않을 테고, 나는 별미련 없이 그냥 HJ를 따라 자살할 것 같다. HJ 없이 살아야 할 10년이 그다지 흥겹고 재미있을 것 같지 않다. 그런 인생은 살아서 뭐하나?

이런 답은 인생의 의미를 쾌락 또는 행복의 총합으로 보는 인생관과 관련이 있다. 그리고 그 인생관은 굉장히 허무주의적이다. 쾌락 또는 행복을 빼면 살아갈 이유가 달리 없다는 것이다. '그녀 없는 삶은 살아갈 가치가 없어요'라는 답은 얼핏 듣기에 낭만적이긴 하지만 따지고 보면 신성모독적이고, 탈역사적이고, 반민중적이고, 아무튼 세상의 다른 모든 가치를 죄다 우습게 보는 말이다.

더 곰곰이 생각해보면 그다지 낭만적이지도 않다. 사실 위의 사례에서 낭만성은, 내가 살 날이 창창한데도 HJ를 따라 죽을 수 있어야 커지는 것이다. 그런데 HJ가 내일 당장 죽는다면 어떻게 할 것인가? 따라 죽을 것인가?

'쾌락 또는 행복의 총합 이론'에서 HJ의 부재는 내가 죽어야 할 이유가 될까? 나는 HJ를 만나기 전에도 잘 살아왔다. 주관적으로 느끼는 쾌락과 행복의 정도를 수직선에 표시한다 치자. 그렇다면 나는 늘 그 표식을 수직선에서 0보다 오른쪽에, 양수 쪽에 표시해왔다. 그러니까 지금까지 자살하지 않고 살아온 것이다. 그리고 HJ를 만나 그 표식이 굉장히 오른쪽으로 뛰었다고 얘기할 수도 있다. 낭만적으로 평가해, 살고 싶은 정도가 10점대에서 90점대로 뛴 것이다. HJ가 사라지면 그 점수는 다시 10점대로 돌아온다. 그러나 여전히 0보다는 위이며, 이 점수에 따르면 나는 HJ 없이도 사는 게 합리적이다.

어쩌면 이건 너무 단순한 수식일지도 모른다. 인간에게는 상실의 결과가 중요한 게 아니라, 상실이라는 사건의 과정, 그 기울기의 폭력성과 낙폭의 크기가 중요할 수도 있다. 그렇다면 순간의 비통함을 이기지 못해 스스로 목숨을 끊을 수도 있다. 그런데 그때 만약 누가 내게 항우울증약을 강제로 몇 년간 먹여서 그 비통함을 견디게 한다면, 그래서 시간이 지나고 HJ의 죽음이 이성적으로 상실이라고는 여기면서도 감정적으로 슬프지는 않은 상태가 된다면 어떻게 할 것인가? 그때도 HJ는 내가 살아가야 할 이유인가?

아무래도 이 사고실험은 어딘가 잘못된 것 같다. 반대의 상황을 가정해보자. 내가 더할 나위 없이 불행한 상황에 처했다 치자. 어떤 진통제도 듣지 않고, 매 순간이 지독하게 고통스러우며, 병상에서 일어나 걸어 다닐 수도 없고, 배설조차 남의 손을 빌려야 하며, 나을 가능성이 전혀 없는 불치병에 걸렸다고 치자. 그런데 이 병은 사실 죽음에 이르는 병은 아니다. 그냥 사람을 죽을 때까지 수십 년 동안 괴롭게만 할 뿐이다. 살 의지가 있다면 연명하는 것은 가능하다.

이때 HJ는 내게 살아야 할 이유가 되는가? 별로 그렇지 않을 것 같다. 오히려 나는 HJ를 위해서라도 자살을 감행할 것이다. 나를 간호하다 그녀까지 함께 불행해지는 상황을 원치 않기 때문이다. 여기까지는 쾌락 이론으로 설명할 수 있다. 내가 겪는 불쾌함이 HJ와 함께 있는 쾌감을 압도하고, 그래서 주관적으로 느끼는 쾌락의 총합이 '0'을 넘지 못하는 것이다.

그런데 같은 상황에서 내가 수년에 걸쳐 집필해온 대하소설의 마무리를 앞두고 있다고 치자. 나는 이 소설이 제대로 완결하기만 한다면 엄청난 걸작이 될 것을 알고 있다. 내 인생 최고의 역작임이 분명하다. 그때 이 소설은 살아야 할 이유가 되는가? 그럴 것 같다. 나는 아마 소설을 다 쓸 때까지 자살을 미룰 것이다. HJ는 살아야 할 이유가 되지 않지만, 소설은 살아야 할 이유가 되는 상황이다.

이 경우는 내 선택에 충분히 이해가 가지만 쾌락의 총합 이론으로는 그 판단이 잘 설명되지 않는다. 소설을 쓴다는 행위 자체가 즐거운 건 아니기 때문이다. 게다가 내가 죽은 다음에 그 소설이 아무리 높은 평가를 받은들 이미 자살해버린 나에게는 아무런 즐거움을 주지 못한다. '이 소설이 걸작이 되겠지'라는 기대감이 얼마간 즐거움을 주기야 하겠지만, 병마와 싸워 이길 정도는 아니다.

이 예시는 쾌락과 행복 외에도 삶에는 분명히 다른 의미가 있다는 점을 알려준다. 굉장히 불행한 상황에 빠져서도, 내게 남은 미래는 오로지 고통과 죽음이라는 것을 인식하면서도, 인간은 삶의 이유를 발견할 수 있다. 순교자들은 내세를 믿었기 때문에 예외라 쳐도, 스스로 불행과 죽음을 택한 많은 혁명가와 예술가들이 있다.

그렇다고 해서 쾌락의 총합 이론을 폐기해야 하는 것은 아니다. 조금 전까지는 내 삶에 큰 의미를 부여하는 듯했던 글쓰기가 다른 상황에서는 살아가야 할 이유와 아무 관련이 없음을 보여주는 사고실험도 얼마든지 설계할 수 있다.

예를 들어 내가 내일 갑자기 뇌종양으로 난독증에 걸린다 치자. 이 난독증은 아주 중증으로, 읽고 쓰는 능력이 완전히 사라지고 도저히 개선의 여지가 없다고 치자. 그러나 일상생활에서의 다른 능력은 전혀 피해를 보지 않는다고 가정하자. 즉, 소설가로서의 미래는 끝장이 났지만 다른 방식으로는 얼마든지 살 수 있는 상태다. HJ도 건강히 살아서 내 옆에 있다. 이때 나는 자살해야 할 것인가?

그럴 생각은 전혀 없다. 나는 목공이나 전기 기술 같은 걸 배워서 육체노동을 하며 살 것이다. 그것도 아주 즐겁게 잘 살 수 있을 것 같다. 솔직히 말하면 더는 글을 쓰지 않아도 된다는 데 대해 얼마간 안도감과 해방감마저 느낄 것 같다.

이 얼마나 모순인가? 마치 세상의 모든 작은 즐거움들이 상황에 따라 논리를 바꿔가며 나를 살리려 애쓰는 것 같다. HJ의 힘이 부칠 때는 글쓰기가, 글쓰기의 힘이 모자랄 때는 HJ가, 그리고 치킨이라든가 맥주라든가 자전거라든가 재미있는 책이라든가 초여름의 산들바람이라든가 잘생긴 개 같은 것들이.

실제로도 많은 사람이 그런 이유로 죽지 않고 사는 거라고 나는 생각한다. '왜 사는가'라는 질문에 명확히 답하지도 못하면서.

비행 시간 내내 거의 잠을 자지 못했다. 인생의 의미나 추락의 공포 때문이 아니라 속이 너무 메슥거렸고 몸이 지나치게 꽉 죄었기 때문이다. 비상구 좌석이 뭐가 더 넓다는 거지? 궁금해져서 다른 좌석과 비교해보니 확실히 무릎 앞쪽에 몇 센티미터 더 여유가 있기는 했다. 하지만 등받이가 뒤로 젖혀지지 않는다는 치명적인 단점이 그 여유를 다 덮고도 남았다. 옆자리 청년이 졸면서 자꾸 내게 기대려 해서 그것도 신경이 쓰였다.

칼리보 국제공항에 도착하니 현지 시간으로 오후 7시였다. 해는 이미 져 있었다. 거기서 숙소까지 다시 버스, 배, 버스를 타고 이동해야 했다.

칼리보 국제공항은 아주 작았다. 무슨 어시장 같은 분위기였다. 현지인 여행사 직원들이 여행사 이름이 적힌 종이를 들고 "하나뚜어어", "모두뚜어어" 하고 사람들을 불렀다. 내가 짐을 지키는 동안 HJ가 환전을 하러 갔다. 날씨는 후텁지근했다. HJ는 "난 이 온도가 딱 좋아" 하고 말했지만, 나는 좀 더웠다. HJ가 달러를 페소로 바꿔오자마자 공항 앞에 있는 마트에 갔는데 맥주가 비싸 보이고 차지 않아서 그냥 돌아왔다.

낡고 작은 승합차에 몸을 싣고 카티클란 선착장으로 향했다. 승합차 좌석은 비행기 좌석과 별로 다를 바가 없었다. 밖은 주택가인 것 같긴 한데, 가로등이 하나도 없어서 어떤 풍경인지 제대로 알 수가 없었다. 보라카이에서 칼리보로 돌아올 때도 이 길을 한밤중에 달리게 될 것이었다. 휴양지가 아닌 곳에서 사는 필리핀 사람들의 일상은 단 1초도 보지 못하는 셈이었다.

피곤하기도 피곤했거니와 속이 몹시 안 좋았다. 먹은 것들이 다 그랬으니. 그런데 버스에서 또 파리바게트 빵을 먹었다. 딱히 할 일이 없어서였다. 속은 아주 느글느글느글······.

화장실에 들르려고 내린 식당에서 맥주를 세 병 샀다. 산 미구엘 라이트 두 병, 산 미구엘 필젠 한 병. 맥주가 미지근해서 그 자리에서 마시지는 않았다.

부두는 아주 작았다. 배도 작았다. 배는 양쪽에 날개가 달렸는데, 거기에 필리핀인 선원이 올라탔다. 밤이고 볼 거 없는 선착장인데도 한국인 관광객들은 정신없이 플래시를 터뜨리며 사진을 찍었다. 바다는 잔잔했다. 배에 올라 바닷바람을 쐬니 기분이 좀 나아졌다. 밤이지만 바닷물은 무척 투명해 보였다.

보라카이 섬의 선착장에 도착해 다시 승합차에 올랐다. 승합차라고는 하지만 공항에서 카티클란까지 타고 왔던 작은 봉고와는 달랐다. 엔진과 운전석이 있는 앞부분은 그런대로 봐줄만 했지만, 승차 공간인 뒷부분은 그냥 바퀴 달린 바구니였다. 바구니에 철제 빔 몇 개가 위로 솟아 있고, 그 위에 철판으로 지붕을 얹었는데, 거기에 우리 부부 포함 다섯 팀의 여행 트렁크를 다 올렸다. 철제 빔이 어느 순간 휘어지면서 차 지붕이 무너져도 전혀 이상하지 않을 것 같았다. 그 정도까지는 아니더라도, 커브 길에 지붕에 있던 짐이 바닥으로 몇 개 떨어지는 건 능히 일어날 만한 일로 보였다. 좌석에는 분명히 사람이 더 앉을 수 없을 것 같은데 가이드는 태평했다. 한국에서 온 관광객들은 결국 모르는 사람들끼리 허벅지와 무릎을 찰싹 붙이고 차에 올라탔다. 지붕이 낮으니 머리도 숙여야 한다. 유리창 같은 건 당연히 없으니 자칫 급커브라도 틀었다간 길바닥으로 떨어질지 모른다.

선착장을 벗어나니 길이 좀 외진 듯하다가 이윽고 번화가가 나왔다. 지프인지 소형 트럭인지를 개조한 승합차는 번화가를 돌며 짐과 사람을 내렸다. 한 호텔에서 한 팀씩, 모두 세 호텔에서 세 팀이 내렸다. 마지막에 남은 두 팀이 페어웨이즈 앤 블루워터 리조트에 예약을 한 사람들이었다. 남자아이가 있는 어느 가족과 우리 부부.

승합차는 번화가를 벗어났고, 조금 지나자 길 주변에 건물이라고는 보이지 않았다. 차가 정신없이 흔들렸다. 그렇게 '뭘 할 수가 없는 시간대'에 페어웨이에 도착했다.

첫째 날 밤

섭식장애가 있는 듯한
커플과
바보 같은 눈물

나는 성격에 기복이 좀 있는 편이다. 별것 아닌 일에 흐뭇해져서 혼자 히죽히죽 웃다가 사소한 일에 짜증을 내고 우울해졌다가는 몇 분 뒤 과도한 자신감에 도취된다. 하지만 그런 오르락내리락이 어느 쪽으로든 선을 넘어가는 일은 잘 없다. 잔물결이 자주 이는 연못, 쉴 새 없이 불꽃이 일렁이지만 꺼지거나 번지지 않는 모닥불, 여섯 살짜리 남자아이나 잡종견 같은 감정 상태로 세상을 산다.

다행히 사회생활을 하면서 그런 작은 요동을 적당히 숨기고 감추는 법을 익혔다. 이런 성격 덕분에 앞으로 살면서 우스꽝스러운 실수는 많이 저지를 테지만, 깊은 우울증이나 다른 정신과 질병에 걸릴 일은 없지 않을까 싶다. 좋은 건가?

나와 달리 HJ는 주변 친구들이 신기해할 정도로 감정 상태가

매우 안정적이다. 마젤란이 본 태평양 같다. HJ는 그러다가 가끔 지진해일 같은 감정 변화를 겪는데, 그럴 때면 마음이 끝도 없이 추락해서 정말 심각한 지경까지 이른다. 나는 그 재앙의 초입을 '다 때려치워' 단계라고 부른다.

페어웨이에 도착해서 방에 들어갔을 때 HJ는 막 그 '다 때려치워' 단계에 한 발을 디딘 상태였다. 숙소가 전망이 전혀 없는 1층 방이라는 사실이 마지막 결정타였던 것 같다. 나는 HJ가 '다 때려치워' 다음 단계인 '난 왜 태어났지' 단계로 돌입하는 것을 막으려 안간힘을 썼다. 나 자신도 말 한마디 하기 싫을 정도로 지친 상태에서 다른 지친 사람의 기분을 북돋는 일은 쉽지 않았다.

나는 보라카이의 중심가라고 하는 D몰에 가자고 HJ를 꾀었다.

"가서 바람 쐬고 맥주 한 잔 마시면 기분이 확 달라질 거야. 로비에서 택시 불러달라고 해서 택시 타고 갔다가 택시 타고 오면 되지. 뒷좌석 널찍한 택시도 있을 거야, 응?"

"됐어. 가서 뭐해⋯⋯."

"그러면 호텔 바에서 칵테일이라도 한 잔씩 마시자, 응?"

"호텔 바도 이 시간에는 문 닫았어⋯⋯."

"설마. 관광지 호텔인데 밤 늦게까지 할걸?"

HJ의 등을 떠밀어 숙소동을 나와 로비동으로 갔다. 프런트에 지금 바가 문을 열었느냐고 물어보니 "아직 문은 열었지만 오후

10시가 넘으면 안주는 나오지 않는다"고 했다. 프런트 직원이 가르쳐준 방향으로 갔더니 기대했던 바가 아니라 큰 식당이 나왔다. 아침에는 조식 뷔페를 운영하고, 점심과 저녁에는 코스 요리를 파는 그런 대식당이었다.

식당 한쪽에는 무대가 있어서 필리핀 밴드가 곡을 연주하고 있었다. 식당 손님은 우리를 포함해 단 세 테이블뿐이었다. 무대 바로 앞 소파에서 뚱뚱한 백인 할아버지가 콜라를 한 잔 시켜놓고 음악을 듣고 있었고, 멀리 떨어진 곳에서 백인 남녀 한 쌍이 스테이크를 먹고 있었다. 에드워드 호퍼의 그림처럼 조용하고 쓸쓸한 광경이었다.

스테이크를 먹는 남녀는 양쪽 모두 섭식장애가 있는 듯한 커플이었다. 남자는 살이 엄청나게 쪘고, 여자는 거식증에 걸린 것처럼 빼빼 말랐다. 남자 가슴이 여자보다 더 풍만했다. 두 사람 모두 갓 스무 살이나 넘은 듯했는데, 엄숙한 표정으로 식사를 하고 있었다. 테이블 매너는 극도로 정중하고 교과서적이었다. 두 사람 모두 허리를 꼿꼿이 세우고 앉아 왼손에 포크, 오른손에 나이프를 쥐었으며, 나이프 날을 바로 세워 접시와 90도 각도를 유지했다.

HJ는 칵테일을 주문했고 나는 산 미구엘 라이트를 한 병 시켰다. 안주는 따로 시키지 않았다. 필리핀 밴드는 이글스니 비치보이스니 하는 올드팝들을 연주했는데, 솜씨가 훌륭했다. 그들이 일부러 곡에 애잔한 느낌을 담아 연주를 하는 것인지, 아니면 휑하고 어둑어둑한 식당 분위기 탓에 그런 느낌이 드는 것인지는 알 수 없었다. 밴드의 연주에는 어떤 공간감 같은 게 있어서, 간혹 기타 솔로가 나오거나 노래가 멈추는 간주 때에는 적막함이 오히려 더 강조되었다.

밴드가 연주를 마쳤을 때 나는 열렬히 박수를 쳤다. 반쯤은 HJ의 기분을 북돋기 위해서였고, 반쯤은 그런 적막이 싫어서였다. HJ도 나를 따라 맥 빠진 박수를 쳤다. 그 커다란 식당에서 유일하게 박수를 치고 연주자들과 눈을 마주치는 테이블이었으므로 우리는 단박에 필리핀 밴드의 관심을 받았다. 밴드의 보컬이 내게 코리안이냐고 물었고, 내가 그렇다고 하자 그는 "그렇다면 특별히 한국 노래를 불러줄게요"라고 말했다. 내가 너무 기대된다고 대답했더니 스테이크를 먹던 백인 남자가 나를 흘끔 바라보며 코웃음을 쳤다. 나는 푸짐한 몸매의 남자를 향해 가볍게 손을 흔들어주었다.

밴드는 노사연의 〈만남〉을 연주했다. 썩 좋아하는 곡은 아니었지만, 색소폰을 배울 때 여러 번 연습했었다. "우리 만남은 우연이 아니야." 한국어 발음이 제법 그럴싸했다. 보컬이 내 눈치를 흘끔 살폈다. 나는 내가 아는 노래이고 또 좋아하는 노래라는 의미로 엄지손가락을 세웠다. 연주자들의 표정이 모두 밝아졌다.

나는 맥주를 한 병 더 주문했다. 이번에는 산 미구엘 필젠을 시켰다. 여행 책자에는 '한국에 수입되는 산 미구엘은 대부분 필젠이지만 필리피노들은 라이트를 훨씬 더 즐긴다'고 써 있었다. 그래서 현지인들처럼 라이트를 먼저 마셔본 건데 내 입맛에는 필젠이 훨씬 더 맛있었다. 산 미구엘은 라이트와 필젠을 포함해서 모두 열한 종류가 있다고 한다. 비행기에 오를 때까지만 해도 그 열한 종류를 모두 마셔보겠다는 다짐이 있었는데, 리조트 식당에는 산 미구엘이 라이트와 필젠 두 종류밖에 없었다. 공항 앞에 있던 가게나 카티클란으로 가는 길에 들렀던 식당에도 그 두 종류의 산 미구엘과 '레드호스'라는 다른 필리핀 맥주밖에 없었다.

아, 바보 같은 눈물 보이지 마라. 밴드가 연주를 마쳤을 때 나는 또 열렬히 박수를 쳤고, 내가 리액션이 좋아서인지 재료가 남아서였는지 직원이 서비스 안주를 가져다주었다. 배가 불렀던 HJ와 내가 안주에 손을 대지 않자 선한 눈을 한 직원이 와서 공짜라며, 먹으라는 시늉을 했다.

팁을 두둑이 남기고 식당에서 나왔다. 나는 방에 돌아와서 맥주를 두 병 더 마셨다. 필젠 한 병, 라이트 한 병. 침대 옆 책상에는 도크에 아이폰을 꽂으면 바로 연결이 되는 데스크톱 오디오가 있었다. 스피커가 꽤 괜찮았다. 멍하니 한국에서 골라온 음악을 들으며 맥주를 마신 뒤 이를 닦고…… 바로 곯아떨어졌다.

이 불공평한 세계와
자기파괴적인 봉사 활동

아침 7시가 되자 여기저기서 닭들이 울었다. 꼬끼오 꼭꼭꼭 꼬끼오 꼭꼭꼬옥꽈악꽉꽉. 대충 그런 소리가 몇 분이나 이어졌다. 리조트 직원들도 그 시각부터 업무를 시작하나 본데, 자기들끼리 어찌나 큰 소리로 인사를 하고 성큼성큼 걷는지 알람이 필요 없을 정도였다.

커튼을 여니까 해가 중천에 떠 있었다. 한국에서는 아침에 절대로 볼 수 없는 당당하고 강렬한 태양이었다. 햇살이 너무 강한데다 골프채를 휘두르는 사람들이 깜짝 놀랄 만큼 가까이에 있어서 얼른 커튼을 닫았다. 골프가 뭐가 좋다고 이렇게 아침 일찍 필드에 나온 걸까, 하는 생각과 자칫하면 골프공이 여기로 날아오는 거 아냐, 하는 생각이 동시에 들었다.

다행히 HJ는 어느 정도 기력을 회복한 상태였다. 대충 옷을 걸친 뒤 씻기 전에 전날 밤에 갔던 대식당으로 향했다. 그렇게 휑하던 식당이 이제는 투숙객들로 북적였다. 사람들이 떠드는 소리, 포크와 나이프가 쟁반에 부딪치는 소리, 커다란 뷔페용 스테인리스 냄비들에 요리를 채우는 직원들이 내는 소리가 모두 한데 섞여 우웅, 하는 거대한 소음이 되었다. 그 와중에 참새 같은 작은 새도 몇 마리 식당 안을 날아다녔다.

우리는 접시에 이것저것 요리를 담으며 자리를 물색했다. 뜨거운 블랙커피의 유혹을 간신히 버텨냈다. 보라카이에 있는 동안에는 계속 맥주를 마시며 취해 있고 싶어서였다. 나는 원래 하루에도 커피를 대여섯 잔은 마시는 사람인데. 식당에 손님이 너무 많아서 비프 타파스와 생선 튀김을 담은 냄비는 금방 텅 비었다.

제일 전망이 좋아 보이는 발코니 테이블이 하나 비어 있는 걸 본 HJ가 내 어깨를 톡톡 쳤다. 우리는 접시를 들고 사람들 사이를 비집고 그리 가서 앉았다. 그리고 몇 분 뒤에 그 테이블이 왜 비어 있었는지 알게 됐다. 햇볕이 하도 세서 눈을 제대로 뜰 수가 없었다. 얼굴에서 금방 땀이 배어 나오기 시작했고, 한쪽 뺨이 구워지는 느낌이 들었다.

뷔페 요리의 질은 그저 그랬다. 생각보다 과일이 별로 없고, 특히 필리핀 어딜 가든 지천으로 널려 있다는 망고가 없어서 약간 놀랐다. 음식 중에는 삶은 계란과 스크램블드에그가 가장 맛있었다. 계란 프라이는 요리사가 직접 만들어주었는데 사람들이 길게 줄을 서서 기다리고 있어서 먹지 못했다.

신선한 과일과 조미료가 덜 들어간 따뜻한 음식들을 먹으니 비로소 속이 편안해졌다. HJ도 비슷한 기분인 것 같았다. 햇볕 때문에 눈도 제대로 못 뜨고 땀을 뻘뻘 흘리고 있지만, 얼굴에 힘이 들어간 정도가 어제와는 확 다르다.

"자, 오늘 계획을 이야기해보시오."

조금 여유를 찾은 내가 말했다.

"4시 반에 D몰에서 여행사 직원들을 만나 선셋 세일링을 해야 돼. 그리고 내일 할 스쿠버다이빙 예약하고 돈 내야 하고. 그거 말고는 오늘 꼭 해야 하는 일은 없어. 아침에는 호텔 수영장에서 수영을 할까 싶네."

"그게 전부야?"

"응."

"그래, 오늘은 좀 쉬자고. 아직도 어깨가 뻐근해. 피로가 덜 풀렸어."

그렇게 말하고 우리는 접시를 두 번째로 채우러 일어났다.

나는 세 번째 접시도 먹었다. 뷔페에 오면 언제나 그렇게 된다. 그리고 나서 짧지만 격렬한 후회와 비탄에 빠졌다가 겨우 내 위장보다 넓은 세계로 관심을 돌린다.

이날은 빈 접시를 보며 탄수화물과 인간 심성의 관계에 대해 잠시 사색했다. 인간은 얼마나 물질적인 존재인가, 하고 나는 생각했다. 탄수화물이 모자랄 때 행복해지기는 굉장히 어렵다. 탄수화물이 모자라고 몸이 피곤할 때 타인에게 친절해지기란 거의 불가능에 가깝다. 체내 탄수화물 농도와 타인에 대한 관용 간의 상관관계는 그래프로 표시하면 직선으로, 간사할 정도로 뚜렷하게 나타날 것이다.

그러니 그 직선에서 떨어져, 배가 고플 때도 타인에게 친절할 수 있는 사람은 정말 대단한 것이다. 상대를 깊이 사랑하거나, 뭔가 강력한 동기가 있거나(예를 들어 다음 선거에 출마해야 한다든가), 아니면 군자 수준으로 자기 절제력이 있는 사람이다.

그런 생각을 하면 마음이 어딘지 거북해진다. 인간 내면의 행복이나 선량함은 외부 세계와 별 관련이 없다는 생각이 좀 더 위안이 되는 세계관이다. 빌 게이츠의 자식으로 태어나도 불행할 수 있고, 중앙아프리카 어느 부족의 평범한 가정에서 태어나 매일 물 긷는 데에만 네 시간씩 써도 얼마든지 행복할 수 있다는 생각 말이다. 그러나 이 생각은 틀렸다.

한 인간이 어떻게 '좋은 삶'을 살 수 있느냐 하는 문제를 외부 환경이 전적으로 결정하는 것은 아니라고 본다. 그러나 몇몇 성인과 초인을 제외하면 대부분은 물질세계에 형편없이 휘둘린다. 부자 나라의 부잣집에서 태어나면 행복하고 심지어 선량한 삶을 살 기회를 보다 많이 갖게 되지만, 가난한 나라의 가난한 가정에서 태어나면 영적으로도 황폐한 인생을 살 가능성이 커진다. 포로수용소에 포로 9999명과 함께 갇혔는데 식량이 천 명분밖에 없으면 나 역시 악마가 되어 동료의 시신을 뜯어먹기 위해 치고받으며 싸우게 될 것이다.

그러므로 부자 나라의 부잣집에서 태어난 사람들은 모두 이 불공평한 세계에 대해 죄책감을 느껴야 한다. 현금이 아닌 다른 쿠폰들, 예를 들어 좋은 머리라든가 아름다운 용모를 물려받은 사람 역시 마찬가지다. 상속세율을 높여야 한다. 어쩌면 IQ가 높거나 선천적으로 노래를 잘 부르거나 몸매가 빼어난 사람들에게도 세금을 부과해야 할지 모른다. 선조에 감사하고 이웃에게 미안해해야 한다. 사람들이 여유를 누리고 배곯지 않고 미래를 두려워하지 않는 사회를 만들어야 한다. 그래야 사람들이 내면에 도사린 잔인함을 억누르고 선량함을 발휘할 수 있다.

그러나 한편으로는 우리는 체념해야만 한다. 이 체념은 '세상 어느 누구도 그 거대한 불공정함을 바로잡을 수 없다'는 인식에서 오는 것이 아니다. 이 체념은 '그 거대한 불의도 내 한 몸의 탄수화물 부족을 이기지 못한다'는 데서 오는 것이다. 가히 우주

적 규모의 불의와, '탄수화물 섭취량과 주관적 행복의 상관관계'라는 엄연한 진실 양쪽 모두를 본 인간에게는 네 가지 길이 있다고 본다. 초월, 절망, 체념, 위선.

이 중 초월은 여기에 하나의 가능성으로 적어놓기는 했으되 그게 실제로 존재하는 것인지 의심스럽다. 절망한 사람들은 당장 북한이나 아프가니스탄이나 중앙아프리카로 가서 자기 삶의 질이 그곳 사람들과 같아질 때까지 자기파괴적인 봉사 활동을 벌여야 한다. 그리고 그러지 않는 다른 사람들에게 분노해야 한다.

나는 현실적인 길은 체념과 위선 두 가지뿐이며, 그중에는 체념이 위선보다 낫다고 생각한다. 압도적이고 절대적인 부분을 체념하고, 아주 조금 노력할 수 있을 뿐이다. 조금 더 나은 세상을 위해 노력하면서, 동시에 아무리 노력해도 누구나 행복해질 수 있는 세상은 결코 오지 않으리라는 사실을 직시하는 것이다.

나는 카페인에 대해서도 생각했다. 아침에 커피를 마시지 않으니 몸이 처지는 것이 확 느껴졌기 때문이다. 21세기 들어서 내가 커피를 안 마시고 사나흘을 보낸 적이 과연 있었던가? 술 담배는 몇 달 동안 안 한 적이 있었지만 커피는 정말 물처럼 마셔 오지 않았나? 이러다 더운 날씨와 여독, 그리고 카페인 부족으로 뻗어버리는 것 아닐까?

식사를 마치고 프런트 데스크에 가서 객실을 2층이나 3층으로 바꿔줄 수 없느냐고 물어보았다. 프런트 직원은 뭘 찾아보는 기색도 없이 2, 3층에는 빈방이 하나도 없다고 대답했다. 거짓말 같았지만 딱히 대꾸할 말도 없었다. 혹시 와이파이는 되느냐고 물어봤더니 별도 요금을 내야 한다고 했다. 그냥 며칠 동안 인터넷을 안 쓰기로 했다.

숙소로 돌아와 샤워를 했다. 이 리조트는 모든 가구가 각이 엄청나게 날카롭게 잡혀 있어서, 수도꼭지를 돌리다가 손이 베일 지경이었다. 씻고 나온 뒤에 얼굴에만 대충 선크림을 발랐다. 온몸에 선크림을 꼼꼼하게 발라야 한다고 HJ가 잔소리를 했지만, 나는 이미 다 늙었는데 몸이 타든지 말든지 무슨 상관이람, 그런 생각이었다.

만사가 귀찮았다. 커피를 마시지 않아서 그런 것 같았다.

페어웨이즈 앤 블루워터 리조트는 어마어마하게 컸기 때문에 그 안을 셔틀버스 여러 대가 돌아다녔다. 그 셔틀버스들은 딱히 운행 시간표도, 노선도 없었다. 리조트 안에서는 어디를 가도 주변에 항상 직원들이 있는데 그들에게 셔틀버스를 타고 싶다고 말하면 즉시 무전기를 꺼내서 차를 불러줬다. 그러면 1, 2분 안에 버스가 왔다. 목적지는 운전사에게 직접 말하면 된다. 엄밀히 말하자면 셔틀버스가 아니라 구내 콜택시인 셈이다.

숙소동은 여러 채가 있었는데 우리가 묵는 건물은 로비동과는 걸어서 갈 만한 거리였다. 그러나 전용 해변을 가려면 버스를 타고 꽤 가야 했다. 인터넷에서 찾아본 영문 자료에는 페어웨이 리조트의 사설 해변 이름이 '라푸즈-라푸즈 비치'라고 나와 있었다. 그런데 리조트 직원들은 그냥 그 해변을 '파라다이스 비치'라고 불렀다.

파라다이스 비치 앞이라며 운전사가 내려준 곳에는 카페 건물이 하나 있었고, 뒤로 수평선이 보이는 수영장도 있었다. 이름은 '인피니티 풀'. 괜찮은 이름이었다. 몸을 담그고 사진을 찍으면 수영장과 바다의 경계가 잘 보이지 않아 꼭 아무도 없는 바다에서 수영을 하는 듯한 착시 효과가 생겼기 때문이다.

"와, 유아용 풀 빼고도 우리가 여름에 묵었던 역삼동 호텔 수영장의 세 배는 되겠다."

HJ가 말했다.

"여기에 비교하면 거기는 목욕탕이었네."

내가 말했다.

"크지도 않은 게 꼭 수영모 쓰라고 하고. 한국 수영장들은 왜 그렇게 사람들한테 수영모를 못 씌워서 안달이야? 머리카락은 좀 자기들이 건지면 안 되나."

인피니티 풀에는 수영모 없이도 들어갈 수 있었다.

"수영모 쓰고 수영하는 거 진짜 구려. 완전 개구려. 구려 터졌어."

"바다로 내려가보자."

쭈뼛쭈뼛 카페 건물로 들어가 직원에게 해변을 이용하려면 어떻게 해야 하느냐고 물어봤더니 그냥 계단으로 내려가서 놀면 된다고 했다. 그러면서 직원은 비치 타월이 필요하냐고 물었다. 타월을 두 장 얻어 건물을 나와서 계단 입구를 찾다 우리는 탄성을 질렀다. 수영장과 카페 건물은 바다 쪽에서 보면 3, 4층 높이의 절벽에 있었다. 건물 뒤편으로 갔더니 돌계단 아래로 몇백 미터는 될 듯한 백사장과 반짝반짝 빛나는 열대의 바다가 펼쳐져 있었다. 모래사장에는 사람이 채 열 명도 되지 않았다.

"사람이 너무 없어서 이상해. 해운대나 경포대는 한겨울 평일에도 이거보다는 사람이 많을 텐데."

HJ가 말했다.

"정말 조용하다."

내가 중얼거렸다.

파도 소리조차 없었다. 그렇게 잔잔한 바다는 처음 봤다. 한강도 바람이 부는 날에는 이보다 더 물살이 거칠다. 세계 최고의 서퍼가 와도 도리가 없을 바다였다. 왠지 우리 발걸음도 조심스러워졌다.

흰 모래는 입자가 아주 고와서, 한국 해변의 모래와는 밟는 느낌이 달랐다. 밀가루나 재를 밟는 느낌이랄까. 발바닥에 닿는 까끌까끌한 촉감이 없으니 오히려 별로였다. 또 모래에 석영 성분이 없어서 햇빛을 받아도 반짝이지 않았다. 모래를 잘 살펴보니 한국과 달리 조개껍데기 파편은 거의 없었고 대신에 구멍이 송송 뚫린 흰 돌멩이 같은 것들은 더러 있었다. 산호 조각인 것 같았다. 그 조각들은 무게가 가벼웠고, 서로 부딪히면 띵띵 경쾌한 소리가 났다.

백사장에는 관리자도 없는 것 같았다. 우리는 빈 선베드에 비치 타월을 깔고 누웠다. HJ는 가방에서 책을 꺼내 읽기 시작했고, 나는 셔츠를 벗은 뒤 잔잔한 바다로 들어갔다.

물이 너무 깨끗하고 투명해서 밑에 있는 바위나 모래, 내 발바닥이 훤히 잘 보였다. '이게 바다 맞나?' 싶을 정도였다. 심지어 손가락으로 물을 찍어 맛을 보았는데 별로 짜지도 않았다. 맑은 물에서는 고기가 살지 못한다는 말이 맞는 건지, 한참 살폈는데도 미꾸라지처럼 생긴 작은 물고기 한 마리만 보였다.

경사가 너무 평평해서 깊은 바다 쪽으로 한참을 걸어갔는데도 수면은 허리 정도까지밖에 오지 않았다. 어느 정도 걸어가니 해변에서 나보다 더 멀리 나온 사람이 없었다. 수면이 목에 걸릴 때까지 걸어가서 뒤를 돌아봤더니 바닷가가 수십 미터 멀리에 있어서 겁이 났다. 굉장히 이상한 기분이었다. 주변에 사람은 아무도 없는데 나는 육지에서 아주 멀리 떨어져 있었다. 머리 위로는 검은 구름과 흰 구름 사이로 새파란 하늘이 있었다.

나는 목만 물 위로 내놓고 반쯤 눕다시피 해서 하늘을 보았다. 흰 부분은 더없이 희고, 파란 부분은 더없이 파랬다. 그렇게 시야 가득히 하늘이 꽉 찬 광경을 보는 경험도 처음이었다. 그 아래 바다에서는 물이 꾸준히 내가 있는 쪽으로 밀려오는 것 같은 착각이 들었다. 그런 풍경 속에 있자니 정신이 멍해져서, 최면에 걸린 듯한 기분도 들었고 뭔가 종교적인 감동도 살짝 일었다.

HJ도 바다에 들어오기는 했으나 오래 있지는 않았다. 햇빛이 너무 강해서 어깨와 등이 따갑다고 했다. 나는 정수리가 뜨거워져서 도저히 견딜 수가 없을 때 야자수 아래 선베드로 들어갔다. 나무 그늘 아래 있으니 바람이 살랑살랑 불어서 시원했다.

HJ가 옆에서 책을 읽는 동안 나는 새로 쓸 소설을 구상해보려 했는데 물론 잘되지 않았다. 기껏해야 '소설가로 성공할 수 있을까?'라든가 '보라카이 있는 사이에 확 떠서 서울 돌아가면 갑자기 베스트셀러 작가가 돼 있는 거 아냐?' 같은 망상을 하는 정도였다. 나중에는 그마저도 할 수가 없어졌다.

선베드에 누워서 30분 정도 곤히 잠이 들었다가 카페 건물에 올라가서 산 미구엘 필젠을 사 왔다. 맥주를 마신 뒤 바다에 들어가 수영을 했다. 그러다 정수리가 뜨거워져서 도저히 견딜 수가 없으면 선베드로 돌아와 곤히 잤다. 그리고 카페 건물에 올라가 맥주를 사 와서 마셨다.

세 번째로 낮잠을 잤다가 깨어났을 때 HJ가 계속 바닷가에 있기 지루하다며 인피니티 풀로 올라가자고 했다. 풀에 올라갔더니 함께 여행 온 듯한 한국인 대가족이 풀을 점령하고 시끄럽게 물장난을 치고 있었다. 그늘에 있는 선베드는 그 가족이 이미 다 점령했다.

HJ와 나는 하는 수 없이 뙤약볕 아래 선베드에 자리를 잡았다. 나는 맥주를 한 병 더 사 와서 마셨다. 내 자리에서 멀지 않은 곳에 게스 청바지 모델 같은 외모의, 러시아나 동유럽 출신인 듯한 젊은 여성이 T팬티나 다름없는 수영복 하의 한 장만 입고 몸을 태우고 있었다. 나는 맥주를 다 마신 뒤 비치 타월을 얼굴 위에 덮고 그날의 네 번째 낮잠을 잤다.

일어나보니 팔다리가 온통 화상을 입은 것처럼 벌겠다. 기왕 다 타버린 거 이제 와서 선크림을 발라봤자 뭐하겠나 싶었다. 그런 만사 귀찮은 기분이 불길한 전조임을 그때는 알지 못했다.

페어웨이즈 앤 블루워터 리조트는 보라카이 섬에서도 외진 곳에 있기에 시내로 가는 외부 셔틀버스를 따로 운행했다. 그 셔틀

버스는 노선이 정해져 있었고, 매시 정각에 로비동에서 출발했
다. 우리는 시간에 맞춰 로비로 갔다.

허구를 상상하는 능력과
깊은 밤중에
있는 듯한 기분

보라카이는 한 입 베어 문 닭 다리 튀김 조각처럼 생겼다. 전체 면적은 10.3제곱킬로미터다. 울릉도(72.9제곱킬로미터)에 비하면 훨씬 작은 섬이다. 구로구(20.1제곱킬로미터)의 절반쯤 되는 넓이다. 하지만 3만 8000여 명이 사는 신도림동(1.5제곱킬로미터)에 비하면 그렇게 작은 공간만은 아니다.

그 닭 다리 튀김 조각에서 북쪽이 허벅지 살, 남쪽이 닭발에 해당한다. 허벅지 살에서 한 입 베어 문 부분이 페어웨이 리조트다. 가운데 다리뼈의 왼쪽이 화이트 비치, 그리고 그 다리뼈 부분에 해당하는 구역이 D몰이다. 섬 중간의 굵은 허리띠를 연상하면 된다.

페어웨이 리조트에서 운행하는 셔틀버스는 '메인로드'라는 이름의 길을 따라 한참을 달려서 D몰 입구인 '버짓마트' 앞에 섰다. 페어웨이 리조트뿐 아니라 다른 리조트의 셔틀버스들도 버 짓마트 앞에서 손님들을 내리고 태웠다. 그래서 버짓마트 앞 보 도에는 셔틀버스를 기다리는 사람들이 늘 줄을 섰고, 반대 방향 에는 순서를 기다리는 승합차들이 길게 늘어섰다.

비유하자면 보라카이에서 메인로드는 경부고속도로, 버짓마트 는 서울역에 해당하는 셈이다. 그렇다면 D몰은 서울 그 자체다.

D몰은 보라카이 최대의 번화가이자 유흥가인데, 왜 이름이 D 몰인지는 모르겠다. 영문 웹사이트를 샅샅이 뒤져봤으나 그 이 름의 유래를 설명하는 곳은 없었다. 타갈로그어(필리핀어)에서 '디'라는 말이 뜻하는 바가 있는 걸까? 영어 정관사 'the'를 의미 하는 걸까? 몰 모양이 처음에는 알파벳 'D' 자처럼 생겼던 걸까? 보라카이가 세계적인 관광지가 된 것이 채 20년도 되지 않았고, D몰이 조성된 것도 21세기 들어서일 텐데 어떻게 이렇게 설명 이 없을 수 있는 걸까?

버스에서 내린 다음 먼저 버짓마트에 들어가서 맥주와 선크림 같은 물건들의 가격을 살폈다. HJ는 보라카이 관광 지도 같은 게 가게 입구에 쌓여 있지 않을까 기대했지만 그런 건 없었다. 문을 몇 시에 닫는지 물어보고 마트를 나왔다.

D몰의 첫인상은 금요일 저녁 홍대 앞과 롯데월드 어드벤처를 반반씩 섞어놓은 것과 비슷했다. 계획적으로 급조한 듯한 유원

지풍 조경을 배경으로 작고 예쁜 가게들이 어떻게든 튀어 보이려 애썼고, 그 앞을 젊은 남녀들이 가득 메우고 있었다. 행인들이 주로 한국인이나 중국인들이고 간혹 백인이 섞여 있다는 점까지 홍대 앞이나 롯데월드와 비슷했다.

D몰을 눈으로 훑으며 걸어 다녔다. 차가 들어오지 못하게 하고 보행자 전용으로 몰을 만들어놓은 게 마음에 들었다. 간판에 써 있는 글자는 영어 알파벳 다음으로 한글이 많고, 다음은 중국어 간자다. 일본어 간판은 거의 보지 못했다. 한식집이 꽤 있고, 아예 '치맥 세트'라는 이름의 메뉴를 파는 가게도 있었지만, 일식집은 눈에 띄지 않았고 횟집도 없었다.

약을 했는지, 약간 미친 것 같은 분위기의 백인 청년들이 옆을 지나갔다. 한국인 관광객들은, 특히 여성 관광객 쪽이 너무 곱게 차려입고 화장을 예쁘게 해서 바로 티가 났다. D몰 중심부에는 대관람차가 있었는데 사람은 아무도 태우지 않고 저 혼자 열심히 돌고 있었다.

공중화장실은 유료였다. 들어갔다 나온 HJ는 깨끗하고 시설이 좋다며 마음에 들어 했다. 여자 화장실에 '미성년자와의 섹스는 범죄입니다'라는 표어가 붙어 있었다고 한다. 남자 화장실에 붙여야 할 스티커를 여자 화장실에 잘못 붙인 걸까, 아니면 미성년 남자를 사는 선진국 중년 여성들도 많은 걸까.

'할로위치'라는 빙수 가게 앞에 이르자 HJ가 자기가 한국에 있을 때부터 눈여겨본 가게라며 안으로 들어갔다. 한국인 손님들로 가게 안이 붐볐다. 거기서 '망고홀릭'이라는 이름의 망고 빙수를 테이크아웃해서 나왔는데, 상큼하고 부드럽고 달달한 게 아주 맛있었다. 우리는 빙수 컵을 들고 두리번거리며 걸었다.

'여기서 돈 좀 쓰고 가세요'라고 외치는 가게 중에 〈반지의 제왕〉 테마로 내부를 꾸민 선술집이 눈길을 끌었다. '호빗 하우스'라는 이름이었다.

"저기 마음에 들어? 그러면 들어가도 돼."

HJ가 말했다. 나는 웃으며 고개를 저었다.

체감하기로는 D몰이 합정역 일대나 인사동보다는 조금 더 작은 상권인 것 같았다. 조금 걸으니 탁 트인 바다가 나왔다. 화이트 비치였다.

화이트 비치는 무지하게 넓었다. 해변 길이가 무려 7킬로미터라고 한다. 페어웨이 리조트의 파라다이스 비치는 여기에 비하면 애들 장난 수준이었다.

눈이 시릴 것 같은 파란 바다 위로 바다와 색이 비슷한 푸른 하늘이 있고, 그 하늘에는 지브리 애니메이션에 나와야 할 것 같은 흰 뭉게구름이 걸려 있었다. 바다에는 흰 돛을 단 요트들이 떠 있었다. HJ와 나는 놀라서 입을 떡 벌렸다. 왜 세계에서 가장 아름다운 해변으로 꼽혔는지 알 것 같았다. 모래도 파라다이스 비치와 달랐다. 더 희고, 더 고왔다. 아무 곳이나 사진을 찍어 아무런 보정 없이 출력해도 그대로 그림엽서가 될 것 같은 풍경이었다.

화이트 비치에는 사람도 엄청나게 많았다. 해운대 같았다. HJ와 내가 처음 온 사람티를 내며 자리에 서서 바다를 구경하고 있으니 호객꾼이 엉겨 붙었다. 돛단배? 마사지? 머리 땋아? 다이빙? 호객꾼들이 그런 짧은 한국 단어들을 늘어놓으면서 끈질기게 쫓아왔다.

화이트 비치는 나중에 다시 오기로 하고, 여행사 사무실을 찾아 선셋 세일링 보트와 스쿠버다이빙 예약을 하기 위해 갔다. 왔던 길을 반대로 올라가 D몰을 가로질러 메인로드로 갔다. 여행사 사무실이 메인로드에 있다고 했기 때문이다.

메인로드는 홍대 앞과도 달랐고 롯데월드와도 달랐다. 말이 메인로드지, 결코 대로(大路)라고는 할 수 없는 길이었다. 왕복 2차선 도로를 리조트 셔틀버스와 지프를 개조한 차량, 트라이시클이 빈틈없이 메우고 있었다. 그 차들은 하나같이 매연과 소음이 지독해서 바로 옆에 있는 HJ와도 이야기를 하려면 서로 고함을 쳐야 했다.

"여기서 어디로 가야 돼!"

"나도 몰라! 지도가 없어!"

"여행 일정표 출력한 거엔 지도 없나!"

내 말에 HJ는 반으로 접은 A4 용지 몇 장을 내밀었다. 여행사에서 보내온 메일을 출력한 종이였다.

"이게 뭐야! 왜 약도를 이따위로 만들어놨어!"

약도가 있기는 했는데, 제대로 된 지도가 아니라 워드프로세서의 도표 기능을 이용해서 만든 조잡한 그래픽이었다. 물결무늬 '~'를 여러 개 그려놓고 거기가 화이트 비치라고 써놓은 식이었다. 여행사 투어데스크라는 검은 사각형이 메인로드와 접해 있다는 건 알 수 있었다. 검은 사각형 근처에는 랜드마크랍시고 무슨 리조트, 무슨 리조트가 회색 사각형으로 그려져 있었다.

"이제! 우리가 여기서 왼쪽으로 가야 하는 거야! 아니면 오른쪽으로 가야 하는 거야!"

"몰라! 모르겠어!"

우리는 버짓마트 앞에서 머리를 긁적이면서 가진 정보를 최대한 활용해서 추리를 해보았다. 큰 여행사니까 사무실을 번화한 곳에 냈을 것이다, 오른쪽보다 왼쪽이 더 소란스러워 보인다, 그러니 왼쪽으로 가자. 완벽한 논리다. 사실 일정표에 투어데스크 전화번호가 나와 있었기 때문에, 그냥 용무를 전화로 해결해도 될 일이었다. 그러나 로밍 폰으로 전화를 걸면 요금이 엄청나게 나올 테고, 투어데스크가 그리 멀리 있을 것 같지도 않았다.

D몰은 어수선하기는 했어도 지저분하거나 더럽지는 않았는데, 메인로드는 조금 걸으니 온몸으로 매연 샤워를 하는 기분이었다. 보도가 없었기 때문에 차도 한쪽에서 트라이시클에 치이지 않게 조심하며 걸어야 했다. 고물 차들은 엔진 소음이 어찌나 시끄러운지 커다란 차가 지나가면 두개골이 공명으로 떨리는 것만 같았다. 어느 집에서 탈출한 건지 아니면 풀어놓고 키우는 건지 수탉 한 마리가 종종걸음으로 사람도 다니기 힘든 그런 도로를 걷고 있었다. 20분가량 걸었더니 혼이 다 빠져나가는 듯했다.

지나가는 현지인 남자를 붙잡고 지리를 물었더니 대답은 않고 오늘이 여행 첫째 날이냐, 며칠 동안이나 묵느냐, 하는 질문만 자꾸 우리에게 던졌다. 호객 행위라는 걸 깨달은 우리가 상대를 외면하고 계속 길을 걷자 남자는 끈질기게 우리를 쫓아왔다.

결국 포기하고 여행사 사무실에 전화를 걸었다. 여행사 직원은 버깃마트에서 기다리고 있으면 자기가 찾아오겠다고 했다. HJ와 나는 말없이 오던 길을 되돌아갔다.

여행사 직원을 만난 뒤에도 환전소를 찾아 D몰을 한참 헤맸다. HJ는 딴에 머리를 쓴답시고 스쿠버다이빙 비용으로 100달러짜리 지폐를 내고 거스름돈으로 페소를 받을 생각이었다. 그런데 직원은 잔돈이 없다고 했다. 우리는 같이 환전소에 가서 100달러를 페소로 바꾼 뒤 계산을 하자고 했다. 그래서 환전소를 두 군데 다녔는데 모두 "100달러짜리는 바꿀 수 없다"며 손을 저었다. 세 번째로 간 환전소에서 겨우 돈을 바꿔 스쿠버다이빙 비용을 치렀다.

그런 소동을 겪는 바람에 선셋 세일링을 하러 화이트 비치에 다시 왔을 때는 HJ나 나나 마음이 한참 가라앉아 있었다. 그냥 어디 앉아서 쉬고 싶은 마음뿐이었다. 배를 타는 일은 전혀 기대되지 않았다.

우리가 타는 배는 '파라우'라고 하는 필리핀의 전통 요트였다. 화이트 비치 앞바다 곳곳에 떠 있던 돛단배들이 바로 파라우였다. 길이는 10미터쯤 되고, 구조는 극도로 단순한 무동력선이었다. 파랗게 염색한 돛, 카누처럼 길쭉하고 날렵한 몸통, 몸통 양쪽으로 달린 날개. 몸통과 날개는 나무로 만든 것이었고, 돛은 커다란 삼각형 하나와 작은 삼각형 하나였다. 날개를 제외하면 딱 종이접기로 만든 종이배처럼 생겼다.

나 같은 한국 사람에게 파라우의 첫인상은 좀 심란하다. 예쁘긴 한데, 너무 작고 단순하고 부실해 보이기 때문이다. 가라앉을 것 같지는 않지만, 바다에서 오도 가도 못하고 멈추는 것 아닐까 하는 생각은 든다. 유일한 동력원은 바람인데, 그 바람은 겨우 머리카락이나 날릴 정도로 살랑살랑 불고 있었다.

우리는 젊은 아빠, 엄마, 남자아이로 구성된 한국인 관광객 가족과 함께 파라우를 타게 돼 있었다. 남자아이는 엄마, 아빠에게 뭔가를 계속 투덜거렸다. 현지인 두 사람이 모래사장에 정박해 있던 배를 바다로 끌고 나갔다. 우리는 물이 무릎까지 차오를 때까지 바다로 들어가서 배 위에 올라갔다. 배의 양 날개에 배구 네트 같은 그물망을 쳤는데, 거기에 승객이 엉덩이를 올리고 앉을 수 있었다. 현지인 한 사람이 돛을 조정하는 동안 다른 한 사람은 뒤에서 배를 밀었다. 승객이 여섯 명이나 타고 있는데도 뒤에서 한 사람이 밀자 배가 앞으로 조금씩 나아갔다. 그 정도로 가벼운 배였다.

배를 밀던 필리피노는 물이 가슴께까지 차자 배에 올라타 몸통 뒷부분에 앉았다. 먼저 보트에 타고 있던 선원은 이리저리 돛을 조정했다. 돛의 높이는 건물 2, 3층쯤 되어 보였다.

파라우가 스르르 앞으로 미끄러졌다.

스케이트나 자전거를 타고 가볍게 달릴 때의 속도였다. 돛이 바람에 그리 부풀지 않은 것 같은데도 그렇게 나아갈 수 있다는 게 신기할 따름이었다. 흔들림도 거의 없었다. 파도가 이는 바다 위에 있다는 느낌이 아니었다. 정빙기(整氷機)가 막 지나간 아이스링크나 잘 관리한 자전거 전용 도로 위를 달리는 기분이었다.

배는 자꾸자꾸 앞으로 나아갔다. 어느 정도 속도가 붙자 선원들은 보트 앞뒤에 무릎을 쭈그리고 가만히 앉아 있었다. 이런 비무장 상태로 땅에서 멀어져 하늘과 바다 사이에 있어본 적이 없었다. 이렇게 바다 한가운데서 낮은 눈높이로 시야에 가득 찬 수평선을 본 적이 없었다. 이런 큰 하늘을 본 적도 없었다.

패키지 상품에 포함된 공짜 코스라 우습게 여기고 배에 올랐는데, 몇 분 지나지 않아 나는 선셋 세일링에 완전히 반해버렸다. 마법 같은 시간이었다. 배는 계속 앞으로 나아갔다. 부자들이 왜 요트를 타는지 알 것 같았다.

나는 발을 아래로 내려 샌들을 신은 채로 바닷물 안에 넣었다. 물살이 적당히 기분 좋게 발목을 간질였고, 발등과 발바닥은 마사지를 받는 것처럼 따뜻해졌다. 선셋 세일링이라지만, 낙조(落照)는 아직 본격적으로 퍼지지 않은 상태였다. 그래 봐야 오후 4시인 것이다. 황금빛 석양이 질 때면 탑승 요금이 비싸지고, 패키지 상품에 공짜 일정으로 제공할 수 없지 않을까.

선글라스를 쓴 채로 점점 붉게 물들어가는 해를 바라보고 있으니 정신이 다시 멍해졌다. 그리고 나는 그 순간 깨달았다. 왜 사람들이 아름다운 풍경을 찾아다니는지, 왜 자전거를 타고, 왜 수십 킬로미터를 달리며 러닝하이를 느끼려 하는지.

사람들은 멍해지려고 그런 일들을 하는 것이다. 무슨 생각을 하건, 생각한다는 것 자체가 우리의 마음을 피로하게 만든다. 생각은 인간을 인간답게 만드는 대신 괴로움에 빠뜨린다. 이것이 선악과(善惡果)의 정체다.

생각은 현실을 넘어선 허구를 상상하는 능력이다. 생각 덕분에 우리는 애국이니 박애니, 살을 비비며 온기를 느낄 수 있는 사랑을 넘어선 거대한 사랑을 상상한다. 구원이니 해탈이니, 근육의 나른함과 위장의 포만감을 넘어선 거대한 행복을 상상한다. 계급이니 국가니, 내가 표정을 확인할 수 있는 사람들을 넘어선 거대한 집단을 상상한다. 그리고 그런 거대한 허구를 상상하기 때문에 우리가 거대한 사랑을 느끼지 못하고, 거대한 행복을 얻지 못했으며, 거대한 집단 속에서 소외되었다고 여기게 된다.

우리는 소 뼈다귀나 산책이나 공 던지기에 좀처럼 열광할 수 없다. 세계에서 제일 아름답다는 해변에 오거나 죽도록 달린 뒤에야 '생각하기'로부터 잠시 해방될 수 있을 따름이다.

현대 예술가들이 처한 딜레마도 여기에 있지 않을까. 그림도 음악도 시도, 현대에 와서는 기쁨과 충일감, 무아지경으로부터 멀어졌다. 오늘날 예술은 사람들을 더 깊고 복잡한 생각으로 이끈다. 현대 예술은 이제 본질적으로 사람들을 괴롭게 만드는 작업이 되어버렸다.

나는 이 글을 쓰는 요즘도 유튜브에서 가끔 보라카이 선셋 세일링 영상을 찾아서 본다. 그리고 현대 예술에서는 절대 얻을 수 없는 단순하고 흥겨운 감흥을 맛본다. 파라우에 탄 승객들이 스마트폰으로 촬영한 영상들이다. 보라카이에서 즐긴 여러 야외 활동 중에 딱 하나만 꼽으라고 한다면, 바로 이거다. 선셋 세일링.

그러나 함께 파라우를 탄 사람들은 나처럼 큰 감동을 받지는 못한 모양이었다. 그 사실을 해변으로 다시 돌아왔을 때야 겨우 알았다. 파라우 날개에서 내려 무릎까지 찰랑찰랑 오는 바닷물을 헤치며 걸어갈 때 옆에 앉았던 꼬마 아이가 투덜거리는 소리를 들었다.

"아, 집에 가고 싶어. 집에 가고 싶단 말이야."

"조금만 참아. 이제 곧 호텔 갈 거야."

"아, 호텔 말고 집! 집에 가고 싶다고!"

"지금 어떻게 집에 가니. 조금만 참아."

아이를 달래는 아이 어머니의 목소리에는 애정도 노여움도 없었다. 그녀도 지쳐서, 로봇처럼 몇 가지 답변을 되풀이하는 중이었다.

"아, 바지 젖었어!"

"얘, 난 팬티도 젖었어."

꼬마 아이를 혼내기 위해서가 아니라 아이 어머니를 돕고 싶은 마음에 내가 불쑥 끼어들어 아이에게 말했다. 꼬마 아이는 눈을 둥그렇게 뜨고 난데없이 끼어든 수염 난 아저씨가 위험인물인지 아닌지 판단하느라 말을 멈췄다. 판단이 잘 안 되는 모양이었다. 그래서 아이는 엄마 뒤에 숨는 편을 택했다. 엄마를 적군으로 돌릴 수 없는 상황이었으므로 아이는 불평을 보류했다. 작전 성공.

정작 아이보다 심각한 상황이었던 건 HJ였다. HJ는 얼굴이 굳어 있었다. 그녀의 얼굴을 보고 놀란 내가 물었다.

"왜 그래? 멀미 나?"

"배고파. 배고파서 어지러워."

혈당 수치가 떨어진 것이다. 우리는 서둘러 D몰로 걸어갔다. HJ는 배가 고파 곧 죽을 것 같은 위기에 처해 있으면서도 한국에서 미리 살피고 정한 맛집으로 가야 한다고 우겼다. '아이러브비비큐'라는 필리핀식 바비큐 요리점이나 '스모크'라는 식당을 가야 한다는 것이었다.

아이러브비비큐는 금방 찾았다. 그런데 이미 자리가 없었다. "몇 시쯤 자리가 날까요?" 하고 직원에게 물었더니 세 시간 뒤에나 오라고 했다. 스모크는 좀처럼 위치를 찾을 수 없었다. 상점 종업원들에게 물어볼까 싶기도 했으나 그랬다가는 또 호객질을 당할 것 같았다. 우리는 절망에 빠져 터벅터벅 걸었다. HJ는 이미 '다 때려치워' 단계에 와 있었다.

"……여기는 보라카이 관광청 사무소예요. 여러분이 들어가서 지도 같은 것을 얻을 수 있는 곳입니다."

누군가 2, 3미터 떨어진 곳에서 한국어로 그렇게 말했다. 그러자 여러 사람이 "아아～"라고 합창했다. 소리가 난 곳으로 고개를 돌렸더니 한 무리의 한국인이 시야에서 빠져나가고 있었다.

나는 잠시 헛것을 보고 들었나 했다. 여기가 무슨 박물관도 아니고, 유적지도 아니고, 왜 이런 곳에 한국인 단체 관광객이 가이드를 따라다니며 설명을 듣고 있지? 그리고 저 가이드는 왜 보라카이 관광청 사무소의 위치와 역할을 관광객들에게 설명하는 거지? '관광청 사무소에 들어가면 지도 같은 걸 얻을 수 있다'는 말에 고개를 끄덕거리는 사람들은 관광청이라든가 지도가 없는 동네에서 온 사람들인가?

그런 초현실적인 광경에 어안이 벙벙해져 있는 동안 한국인 단체 관광객은 완전히 자취를 감추고 마술처럼 '보라카이 관광청 사무소'라는 간판이 있는 건물만 남았다.

"이리 와봐."

나는 '다 때려치워' 단계인 HJ의 팔을 잡아끌었다. HJ는 대꾸도 하기 귀찮은 듯 흐느적거리며 나를 따라왔다. 보라카이 관광청 사무소에 들어가서 내가 "여기 지도 있나요?"라고 물을 때까지도 HJ는 내가 뭘 하는지 몰랐다.

사무실에는 직원이 세 사람 있었는데 식사를 하던 중이었다. 그중 한 사람이 밥을 먹다 말고 자리에서 일어나 "아, 여기 있어요"라며 선반에서 팸플릿 형태로 접힌 지도를 내게 건넸다.

"이거 공짜인가요?"

내가 물었다.

"그럼요. 당연하죠."

직원이 웃으며 대답했다. HJ의 눈이 커졌다. 그녀는 내게 "여기 어디야? 여기 어떻게 알고 들어온 거야?" 하고 묻더니 곧장 직원과 대화했다. HJ는 직원에게 스모크의 위치를 물어보고, 헌책방 위치까지 물어보았다. 직원은 식사 중이었음에도 상냥한 미소를 잃지 않고 모든 질문에 친절하게 답해주었다.

사무소에서 나온 HJ는 팸플릿에서 눈을 떼지 못했다. 팸플릿에는 앞뒤로 보라카이 전도와 D몰 구역을 확대한 지도, 가볼 만한 식당과 술집들이 인쇄돼 있었다.

"내 덕분에 지도 구했지?"

"그러게. 요 며칠간 계속 쓸모없었는데 처음으로 쓸모 있었어."

내가 생색을 내자 HJ는 한 손을 들어 내 머리를 쓰다듬었다. 눈은 여전히 지도를 향한 채였다. 사막에서 오아시스로 가는 길을 연구하는 사람 같았다.

몇 주나 보라카이에 대해 예습을 했지만, HJ가 연구한 것은 오로지 맛집 정보들이었다. 첫째 날 저녁은 어디서 먹고, 둘째 날 저녁은 어디서 먹고 하는 것들이었다. 각각의 식당의 요리와 분위기, 가격 등 다양한 요소를 검토하고 그 조합을 평가하는 작업이었다. 그러나 그녀는 그 식당들이 어디에 있는지도 몰랐고 심지어 페소 환율도 몰랐다. 보라카이에서 매번 뭔가를 사고 돈을 낼 때마다 내게 "이거 한국 돈으로는 얼마지?"라고 물었다.

"찾았다. 스모크. 바로 이 옆 골목에 있었구만?"

HJ가 눈을 빛내며 말했다.

스모크는 D몰 번화가에서는 조금 떨어진, 재래시장 골목에 있었다. D몰 중심가에 있는 가게들처럼 화려하지는 않았지만, 그렇다고 허름한 식당은 아니었다. 서른 살 사장님이 부인과 함께 연남동 외곽에 낸 노천카페 같은 분위기였다. 테이블은 식당 안과 골목에 열 개 정도 있었고, 자리는 서른 석에서 마흔 석 정도였다. 쿨한 음악이 나왔고, 종업원들은 전부 '스모크'라고 적힌 검은 티셔츠를 단정하게 입었다.

주방은 반쯤 개방된 형태여서 안에서 요리를 만드는 모습을 손님들이 볼 수 있었다. 테이블마다 위에 전등갓이 달려 있었는데, 그 갓은 맥주나 다른 탄산음료 캔의 알루미늄 껍데기를 찢어서 솜씨 좋게 얽어 만든 것이었다. 아주 예뻤다. 할로겐 전구를 써서 노란빛이 은은하게 아래로 떨어졌고, 그 빛 속에 있으면 마치 깊은 밤중에 있는 듯한 기분이 들었다.

치즈버거 같은 메뉴도 있었지만 파는 음식은 대부분 현지식이었다. HJ는 종업원을 불러 뭔가를 주문했다. 나는 산 미구엘을 주문했다.

"지금 뭘 시킨 거야?"

내가 물었다.

"'피시 시니강'과 '갈릭 스파이시 깡꽁'. 피시 시니강은 생선국이고, 깡꽁은 나물 같은 거야. 어쩌면 망할 수도 있어."

HJ가 말했다.

"깡쿵? 깡콩? 음, 망하면 다른 데로 가는 거야?"

"아니, 여기서 다른 걸 하나 더 시켜 먹을 거야. 좀 아니더라도 한번 먹어봐."

"여기가 세계적으로 유명한 데야?"

내가 주위를 둘러보며 말했다. 그사이에 금방 테이블이 다 차서 손님들이 밖에서 줄을 서서 기다리기 시작했다. 특히 백인 손님들이 많았다.

"아니? 한국 블로그에서 봤는데."

"아이러브비비큐는 세계적으로 유명한 곳인가?"

"아니? 한국 블로그에서 봤어."

음식이 나오기를 기다리면서 나는 먼저 산 미구엘을 마셨다. 오전에 배가 부르도록 마셨기에 그냥 관성으로 마시는 맥주였는데, 너무 맛있어서 놀랐다. 이유를 가만 생각해보니 이 맥주가 보라카이에 와서 마신 맥주 중 가장 차가웠다. 필리핀 사람들은 맥주를 차갑게 마시지 않는 것 같았다. 그러고 보니 중국 사람들도 그랬는데, 이유를 잘 모르겠다. 냉장 시설에 문제가 있는 걸까? 기호의 문제일까? 한국 사람들이 유난히 차가운 맥주에 집착하는 걸까?

피시 시나강은 생선국이라고 해서 전혀 기대하지 않았는데 뜻밖에도 아주 맛있었다. 새콤 매콤하면서 몸에 좋을 것 같은 맛이었다. 태국 요리나 베트남 요리와도 확실히 차별되고, 한국에서 팔아도 틀림없이 팔린다, 포지셔닝만 잘하면 된다, 필리핀 요리점이나 한국에 열까, 그런 생각들을 하면서 먹었다. 깡꽁은 요리라기보다는 반찬 쪽이었다. 왠지 필리핀 사람들에게는 김치와 같은 느낌일 듯했다. 피시 시나강에도 깡꽁이 들어가 있었다. 시나강에 들어간 생선은 한국의 생선 찌개에 있는 내용물과 달리 꽤 딱딱하고 씹는 느낌이 돼지고기와 비슷했다.

아마추어 요리 평론가인 HJ는 이렇게 평가했다.

"일단 생선국인데 비린내가 안 난다는 점이 플러스네. 아마 이 새콤함이 비린내를 잡아주는 거 같아. 안에 토마토랑 가지랑 각종 채소가 많이 든 것도 좋아. 채소들을 큼직큼직하게 썰어서 먹을 맛이 나. 깡꽁은 어떻게 보면 익숙한 맛이야. 우리 취나물 같은 맛. 그런데 좀 짜다. 밥이랑 먹으면 아주 괜찮을 거 같아. 서양 사람들은 밥 생각을 못 하고 먹으니 이게 뭔가, 하겠지?"

그러더니 HJ는 갈릭 밥을 주문했다. 그러자 버터와 마늘로 볶은 밥 한 공기가 나왔다. 매끈하고, 기름지고, 깡꽁과의 궁합은 환상적이었다. 밥을 한 그릇 다 비우고도 피시 시나강과 깡꽁이 조금 남았기에 나는 한 그릇을 더 주문했다.

"다 먹을 수 있겠어? 배 안 불러?"

HJ가 물었다.

"맥주 안주로 먹으면 괜찮지 않을까?"

나는 산 미구엘도 한 병 더 시켰다. HJ가 '술 좀 그만 마셔'라는 표정으로 눈썹을 추켜올렸다. 나중에는 피시 시나강과 깡꽁 없이 맨밥을 안주로 맥주를 마시게 되었다. 배가 엄청나게 불렀다.

스모크에서 나온 뒤에는 '보라카이북스'라는 이름의 중고 서점을 찾아갔다. 이런 세계적인 휴양지에는 여행자들이 다 읽은 책을 두고 가기 때문에 영어 원서를 파는 괜찮은 헌책방이 있기 마련이라고 HJ는 설명했다. 나는 전자책에 별 거부감이 없지만 HJ는 종이 책을 고집한다.

해가 지자 D몰은 한층 더 롯데월드와 비슷해졌다. 크리스마스 트리 전구 같은 불빛들이 휘황찬란하게 켜진다. 사람들은 IQ가 낮보다 20 정도 떨어진 듯한 표정이다. 노천 라이브 카페들이 공연을 시작한다. 발리 같은 곳에 비해서 나이 든 서양 남자와 어린 동남아 여성 커플이 별로 보이지 않아 조금 마음이 놓인다.

지도에 따르면 보라카이북스로 가는 길은 해변을 따라 쭉 걷는 것이었다. 해변은 이런 구조로 되어 있었다.

D몰-D몰 경계에 있는 호텔-보도-해변 노천카페-모래사장-바다.

보도를 따라 걷는 동안 오른편에서는 노천카페의 라이브 뮤직이 들려왔다. 흐느적거리는 라운지 음악이 나오고, 몇 걸음 더 걸으면 여성 보컬이 레드 핫 칠리 페퍼스의 노래를 부르고 있고, 다시 몇 걸음 더 걸으면 남성 듀오가 기타로 제이슨 므라즈를 연주하는 식이다. 음악에 맞춰 댄서들이 불 쇼를 하는 곳도 있다. 공연의 질은 높지 않다. 리조트 카페에서 연주하던 밴드에 비하면 학예회 수준이다. HJ가 불러도 저것보다 잘 부르겠다 싶은 가수들도 있다(HJ는 노래를 상당히 잘 부른다).

네온사인이 너무 많아서 어지럽다. 나는 졸려서 걸음이 점점 느려진다. '맥주 때문이 아냐, 밥을 너무 많이 먹었어'라고 나는 생각한다.

왼편으로는 호텔에서 식사를 하거나 실내 수영장에서 물놀이를 하는 사람들이 보였다. 젊은 한국 여성들이 비키니를 입고 풀장 옆에서 음악에 맞춰 '섹시 댄스'를 춘다. 여자들은 쑥스러움과 해방감이 섞인 웃음을 터뜨린다. 서양인들만 모인 바도 있는데 대나무로 장식한 후줄근한 전통 찻집 분위기다. 서양인들에게는 그런 게 엄청 힙해 보이나 보다. 함성 소리가 터지는데 아마 축구 경기, 유로 리그가 중계 중인 듯하다. 은근히 나이트클럽 수는 적다. 발리와 다르다.

보라카이북스는 두 평 정도 되는 크기의 서점이었다. 나는 SF 코너를 얼른 훑어보고 살 책이 없음을 즉시 깨달았다. 대부분이 스타트렉이나 스타워즈 소설이었다. 금방 흥미를 잃은 나와 달리, HJ는 뇌 수술을 하는 신경외과 의사처럼 실로 꼼꼼하게 서가에 꽂힌 책을 한 권 한 권 살폈다. 작가 이름순으로 정리된 책장에서 Z까지 훑어본 HJ는 다시 A로 눈을 돌렸다. 오줌 참는 꼬마처럼 발을 동동 구르던 나는 HJ를 서점에 남기고 밖으로 나왔다. 너무 졸려서 참을 수가 없었다. 잠시 눈을 붙일 곳을 찾았지만 굉장히 불편해 보이는 의자 하나만 있을 뿐이었다.

그 의자에 앉아서 5분인지 15분인지를 보내다가, 도저히 참을 수가 없어 서점에 들어갔다. HJ는 R과 S 사이 어딘가에 있었다.

"안 가?"

HJ는 내 목소리에서 배어 나오는 짜증을 알아챘다. 잠시 뒤 그녀는 책을 두 권 계산하고 서점에서 나왔다. 우리는 말없이 D몰을 향해 걸었다.

"왜 자기는 그렇게 자기만 생각해?"

HJ를 뒤따라 걷던 내가 물었다.

"뭐?"

HJ가 놀란 눈으로 돌아섰다.

"왜 자기는 그렇게 자기중심적이냐고."

"무슨 말이야?"

"나는 자기가 힘들 때 막 자기를 걱정해주고 지도도 구해왔잖아. 그런데 왜 자기는 내가 졸려 할 때 전혀 신경 쓰지 않아?"

그 말에 HJ가 뭐라고 대꾸했다. '졸리면 졸리다고 말을 하지 그랬어?' 같은 내용이었던 것 같다. 나도 뭐라고 대꾸했다. '내가 밥 먹으면 늘 졸려서 힘들어하는 거 몰라?'와 같은 내용이었던 것 같다.

정신을 차렸을 때 우리는 보라카이 해변에서 언성을 높이며 말다툼을 벌이고 있었다.

우주를 여행하는 기분과
멍한 화장품 광고용 얼굴

부부 싸움을 한 것은 실로 몇 년 만이었다.

'도대체 무슨 일이 일어난 거지? 내가 왜 여기서 이러고 있는 거지?'

마음 한구석에서는 이 모든 사태가 경악스럽기만 했다. 그러나 그런 와중에도 마음의 또 다른 한 부분에서는 HJ가 하는 말을 어떻게 반박해야 할지, 어떻게 상대방을 굴복시킬지를 궁리하고 있었다.

나는 야무지게 싸웠다.

HJ가 울음을 터뜨렸다.

그제야 나는 제정신을 차리고 내가 처한 이 상황을 바라볼 수 있었다.

"좀…… 좀 앉자."

우리는 해변에 약간 거리를 두고 앉았다. 한동안은 두 사람 다 아무 말도 없었다. 나는 한 손으로 모래를 집어 바다 쪽으로 던졌다. HJ는 손가락으로 모래알들을 튕겼다. 우리가 앉아 있는 주변으로 필리핀 꼬마들이 미친 듯이 뛰어다녔다. 십여 명쯤 되는 애들이 두셋씩 짝을 이뤄 얕은 물가에서 물놀이를 했다. 딱히 무슨 규칙이 있는 게임 같지는 않았다. 뒤로 공중제비 넘기가 아이들 사이에서 유행인 듯 거의 모든 꼬마가 작은 몸을 띄워 뒤로 한 바퀴 돌려고 시도했다. 그러나 아무도 성공하지 못했다.

"둘 다 너무 피곤해서 그런 것 같아."

손으로 집어서 던진 모래가 큰 사발로 한 그릇 정도 되었을 때 내가 입을 열었다. HJ는 대답하지 않았다. 나는 잠시 뒤에 덧붙였다.

"내가 잘못했어."

"뭘 잘못했는데?"

HJ가 물었다.

"낮에 술도 너무 많이 마셨고 커피를 안 마셔서 정신이 없었어. 내일부터는 술 안 마실래. 그리고 아침에 커피를 마실게."

"그래, 왜 그렇게 술을 많이 마셔? 여기서뿐만 아냐. 한국에서도 술을 너무 많이 마셔. 그게 자기의 유일한 낙이라니 내가 할 말은 없지만."

138

나는 어떻게든 이 여행을 망치고 싶지 않았고 HJ의 기분도 풀어주고 싶었다. HJ가 말을 이었다.

"《여행의 기술》에 보면 결국 여행은 주관적인 거라고 해. 아무리 좋은 걸 보고, 아무리 맛있는 걸 먹어도 자기가 기분이 나쁘면 그 여행은 나빴다는 거지."

메시지는 분명했다. 이제부터 아무리 돈을 쓰고 비싼 걸 먹어봤자 이번 여행은 튼 거야. 네 잘못이야.

"그러니까 우리가 지금부터 이 여행을 즐겁게 만들면 되는 거지. 여행도, 결혼 생활도, 우리가 노력해서 즐겁게 만드는 거야."

내가 받아쳤다. 그러면서 나는 다음 날 계획을 설명했다. 힘들게, 본전 뽑겠다는 생각으로 다니지 말자. 우리 몸의 편안함과 시간이 최우선이다. 아침에 리조트에서 조식 뷔페를 먹지 않고 바로 D몰에 나와서 카페에서 브런치를 먹자. HJ는 반대했다.

파도는 밤에도 잔잔했다. 필리핀 아이들이 물을 튀기며 뛰어다녔다. 술래잡기나 다방구를 하는 건가 싶어 한참을 관찰했지만 어떤 규칙도 발견할 수가 없었다. 아이들은 그저 물가를 뛰어다니는 게 즐거워서 뛰어다니는 것이었다. 한국 같으면 해안경비대가 밤에 바다에 들어가지 말라고 호루라기 엄청 불어댈 텐데, 여기서는 아무도 아이들을 막지 않았다.

"쟤들은 만날 저러고 놀 텐데 지겹지도 않은가."

"한국 애들도 매일 놀이터 가서 놀잖아."

"저 애들이 커서 호텔에서 셔틀버스 운전하고 카페에서 불 쇼하고 그러는 건가."

우리는 앉아서 멍하니 그런 대화를 나눴다.

모래가 더는 푹신하게 느껴지지 않을 때쯤 자리에서 일어나 노천카페 한 곳으로 들어갔다. 의자 대신 엄청나게 큰 방석을 갖다 놓아서, 손님들이 거기에 누워 있는 걸 보고 바로 들어갔다. 둘 다 너무 지쳐 있었다.

카페에서는 라운지뮤직을 크게 틀어주었다. 옆 테이블 손님들은 물담배를 피웠다. 야자수 아래에는 투광기를 설치해서, 나무가 아래에서 올라오는 조명을 받고 있었다. 밤하늘에 환하게 펼쳐진 야자나무의 줄기와 잎들은 진짜 이상하게 보였다. 방석에 누워 그 광경을 올려다보고 있으니 우주선을 타고 우주를 여행하는 기분이었다.

종업원이 와서 주문을 받아갔다. 나는 망고 주스를, HJ는 모히토를 시켰다. 나는 조심스럽게 HJ의 손을 잡았다. HJ는 손을 빼지 않았다. 나는 한참 그 손을 만지작거렸다.

"나 좋아?"

내가 물었다.

"조금 좋아. 나한테 상냥하게 대해줘서."

모히토를 마신 HJ는 얼굴을 찌푸렸다. 그렇게 맛없는 모히토는 처음 마신다고 했다. 내가 한 모금 마셔보니 모기 물린 데 바르는 물파스 같은 맛이었다.

HJ는 눈을 감고 누웠다. 나도 망고 주스가 담긴 컵을 테이블에 내려놓았다. 나는 HJ의 얼굴을 바라보았다. 내가 '욕심뽈따구니'니 '탐욕턱주머니'니 하는 별명을 붙여준 부위들을 보았다. 나는 그 얼굴을 좋아했다. 표정이 풍부하고 늘 살아 있다는 느낌이 가득한 얼굴이었다. 개성적이면서 아름다웠다.

그건 좀 이상한 발견이었다. 왜냐하면 HJ를 만나기 전에도, 그 뒤로도 나는 그렇게 표정이 다채롭거나 개성이 강한 마스크의 연예인을 좋아하지 않았기 때문이다. 나는 공효진, 장윤주, 이하늬, 최여진을 별로 좋아하지 않았다. 나는 김태희와 한효주를, 그것도 뻔하고 멍한 화장품 광고용 얼굴을 한 김태희와 한효주를 좋아했다. HJ는 내 타입이 아니었다.

'역시 우리는 운명적으로 연결돼 있는 거야! 그냥 외모 때문에 너를 좋아했던 건 아냐!'

하지만 그 말은 거짓이다. 남자들이 머릿속으로 그리는 이상형의 외모라는 게, 대개 흐릿하고 두루뭉술한 2D 이미지일 뿐이라 실제 인간이 뿜어내는 생생한 기운을 당할 수 없을 따름이다.

HJ가 지금보다 20센티미터 정도 키가 더 컸거나, 반대로 그만큼 더 작았거나, 아니면 20킬로그램쯤 살이 더 쪄 있었더라면 나는 그녀를 거들떠보지도 않았을 것이다. 그런데 그녀가 지금보다 20센티미터 정도 더 크거나 작지 않고 지금의 키인 것은 순전히 우연이다. 그러니 우리가 맺어진 데에는 우연이 크게 작용했다. 우리는 우연의 허락을 받고 사귀게 되었다.

그런 결론에 나는 낙담하지 않았다. 이 결론에 따르면 우리가 5년 만에 신혼여행을 떠나, 보라카이 해변에서 부부 싸움을 벌인 것도 운명이 아니다. 우연일 뿐이다. 그리고 우연이 허락하는 한도 안에서 우리는 뭐든 할 수 있다. 우연은 아무리 연이어 일어나봤자 우연의 연속일 따름이다. 거기에 의지가 섞여 들어가야 운명이 된다.

"말싸움할 때 그렇게 부득부득 이기려 들어야 돼? 안 그래도 힘들어 죽겠구만."

HJ가 말했다.

"언제는 내가 꿋꿋하다며 좋아했잖아. 옛날 남자 친구들은 다 자기가 뭐라고 하면 고양이 앞의 생쥐처럼 벌벌 떨었다고. 그러면 그 꼴이 보기 싫었다며. 경멸스럽다고."

내가 말했다. HJ는 나의 굴복하지 않는 기개를 좋아했다. 플라톤이 '티모스(Thymos)'라고 불렀던 바로 그 정신 말이다. HJ의 친구들이 그녀와 내가 어울리는 한 쌍이라고 했던 것도 그런 의미였다. 한 성깔 하는 두 남녀가 서로 사귀니, 냉전 시대 미국과 소련처럼 죽이 잘 맞는 파트너처럼 보였던 것이다.

"몰라, 피곤해."

HJ가 한숨을 쉬었다. 우리는 오후 10시에 버짓마트에서 셔틀 버스를 타고 리조트로 돌아왔다. 그게 막차였다.

셋째 날 오전

숨을 쉬는 법과
사도마조히즘의 세계

새벽 4시에 한국인 대가족이 우리가 묵은 숙소동에 도착했다. 객실 복도에서 대소동이 벌어졌다. 삼대가 와서 방을 여러 개 빌린 듯한데, 짐을 부려놓은 다음에도 뭘 옮기네 방을 서로 구경하네 하면서 왔다 갔다 했다. 이 가족 구성원들이 하나같이 목소리가 엄청나게 크고 사투리가 심해서 처음에는 중국인들이 온 줄 알았다. 이모가 어쩌고 삼촌이 어쩌고 하는 말을 알아듣고서야 '아, 한국인이구나' 했다.

나는 침대에 누워 억지로 잠을 청하다가 급기야는 그 대가족에게 항의를 하는 꿈을 꾸었다. 꿈속에서 내가 정중히 사과를 하면서 조용히 해달라고 요청했는데 상대편 여자가 너무 싸가지없이 구는 바람에 확 열이 받았다. 꿈속인데도. 내가 화를 꾹 참으며 정중한 말투를 썼더니 상대방이 "지금 무슨 외교 회담하자는 거예요?"라고 비꼬았다. 아침에 눈을 떴을 때까지도 열이 받은 채였다. 그게 오전 7시였다. 닭들이 꼬끼오 꼭꼭꼭 꼬끼오 꼭꼭꼬옥꽈악꽉꽉 하고 울었고, 리조트 직원들이 성큼성큼 걸어다니며 자기들끼리 인사를 했다.

"아으으, 못 일어나겠어. 조금만 더 누워 있자."

"응."

HJ는 대꾸할 힘조차 없는 모양이었다. 우리는 시계 알람을 30분 단위로 늦추며 8시 반까지 침대에 누워 있었다. 그러다가 간신히 일어나서는, 밥을 먹으러 가기 전에 먼저 씻기로 했다. 같이 샤워를 하면서 HJ에게 "이제 나 좋아?"라고 열 번쯤 물었다. HJ는 "내 눈치를 살살 살피니까 좋아"라고 답했다.

대식당에서는 전날과 달리 전망은 썩 좋지 않지만 그늘이 진 괜찮은 자리를 잡았다. HJ가 상쾌한 얼굴이라서 나는 안심했다.

"어제 폭발시켰더니 기분이 확실히 낫네. 아, 난 정말 못된 거 같아."

HJ가 테이블에 접시를 놓으며 말했다. HJ는 와플과 프렌치토스트, 볶음밥을 먹고 한 접시를 더 먹었다. 나도 기분이 한결 나았다. 나는 반 접시만 먹었다. 생선과 소시지, 삶은 계란, 스크램블드에그를 먹고 커피를 마셨다. 계란 껍데기가 바람에 날려 날아갔다. 바람이 꽤 부는 날이었다.

"그거밖에 안 먹어? 밥도 안 먹고?"

HJ가 물었다.

"난 원래 아침 안 먹잖아. 그리고 이렇게 먹어야 잠이 안 와. 탄수화물 먹으면 자야 돼."

"내 위기 상황은 배가 고픈 건데, 이건 그냥 먹기만 하면 해결되거든. 그런데 자기 위기 상황은 어떻게 해야 해? 배불러서 졸릴 때 해결 방법이 있어?"

HJ가 물었다.

"나도 아무 데서나 잘 자잖아. 우리 데이트할 때 밥 먹고 나서 내가 카페에서 테이블에 엎드려서 잤던 거 기억 안 나? 그런 적 여러 번 있었잖아. 어제도 자기가 서점에 들어가 있는 동안 내가 해변에 누워서 자면 되는 거였어."

내가 대답했다.

식사를 한 뒤 D몰로 나와 여행사 직원을 만났다. 그리고 여행사 직원과 함께 트라이시클을 타고 해변의 다이브숍으로 갔다. 한국인이 운영하는 가게였다.

체험 다이빙은 일고여덟 명이 한 팀을 이뤄 짧은 교육을 받은 뒤 강사들과 함께 배를 타고 나가 바다에 들어가게 된다. 우리는 다른 한국인 관광객들과 한팀이 되었다. 서로 친구들인 중년 아저씨 세 분, 40대 중반으로 보이는 부부 한 쌍, 그리고 HJ와 나, 그렇게 일곱 명이었다.

다이브숍 안에는 제대로 칠도 하지 않은 콘크리트 벽에 잠수 장비들이 어수선하게 놓여 있었다. 의자에 앉아서 내 몸은 건 강하고 스쿠버다이빙의 위험을 잘 알고 있다는 내용의 동의서 를 쓴 뒤 30분가량 이론 교육을 받았다. 귀로 바람을 빼내 몸 안 팎의 압력을 같게 만들어주는 법, 산소호흡기를 물고 숨을 쉬는 법, 물안경이나 입안에 물이 들어왔을 때 빼는 법, 귀가 아프거 나 수면으로 올라가고 싶을 때 손으로 신호하는 법 등이었다.

"저희가 들어갈 바다의 가장 깊은 곳이 수심 5미터예요. 올라 오는 데 1초면 충분해요. 죽으려야 죽을 수가 없으니까 걱정하 지 않으셔도 됩니다."

한국인 강사가 말했다. 관광객들은 모두 웃음을 터뜨렸다. 나 도 마음이 조금 놓였다. 그러나 강사는 바닷속에서 산호나 물고 기를 만지지는 말라고 했다. 쏘이거나 물릴 수 있다는 것이었다.

설명을 듣고 나서 탈의실에 가서 겉옷을 벗고 잠수복을 입었 다. 검은 고무 잠수복을 입으니 관광객들도 다들 전문가로 보였 다. 잠수복을 입고 나오자 바로 해변행이었다. 아저씨들이 바다 로 걸어가면서 남자 고등학생처럼 크게 떠들며 옆에서 듣기에는 별로 웃기지도 않은 농담을 서로 건넸다. 그 아저씨들도 속으로 꽤 겁이 난 것 같았다.

물이 허리 높이까지 오는 해변에서 두 사람씩 짝을 지어 실습을 했다. 현지인 강사가 손짓으로 지도를 해주었다. 물안경을 쓰고 산소통을 메고 마우스피스를 입에 문 뒤 물속으로 머리를 집어넣는데 심장 뛰는 게 느껴질 정도로 무서웠다. 바로 숨이 막히지는 않았지만 호흡이 썩 편하지는 않았다. 잠시 뒤에 내가 너무 열심히 숨을 쉬고 있었음을 깨달았다. 지나치게 가슴 한가득 숨을 들이쉬고 빨리 내뱉고 있었다. 호흡량을 줄이니 한결 몸이 편안해졌다. 내가 평소에 그렇게 숨을 가쁘게 많이 쉬지 않았구나. 내가 숨을 이어가는 데 매번 그렇게 많은 산소가 필요한 건 아니었구나.

현지인 강사가 두 커플에게 물속에서 키스하는 방법을 가르쳐주었다. 호흡기를 입에서 뗀 뒤 공기가 나오는 구멍을 아래로 하고 손에 쥔다. 재빨리 파트너와 입을 맞춘다. 다시 호흡기를 물고 그사이 들어온 물을 입 밖으로 빼낸다. 키스하는 방법을 다른 사람에게 배운 것도, 다른 사람 앞에서 키스를 실습하고 괜찮다고 인정을 받은 것도 처음이었다.

쿵쿵거리는 음악을 튼 배를 타고 바다로 나갔다. 배에서부터 현지인 강사들이 카메라를 들고 승객들을 촬영하기 시작했다. 카메라 렌즈를 향해서 손을 흔들고 자세를 취했다. 겉으로는 웃

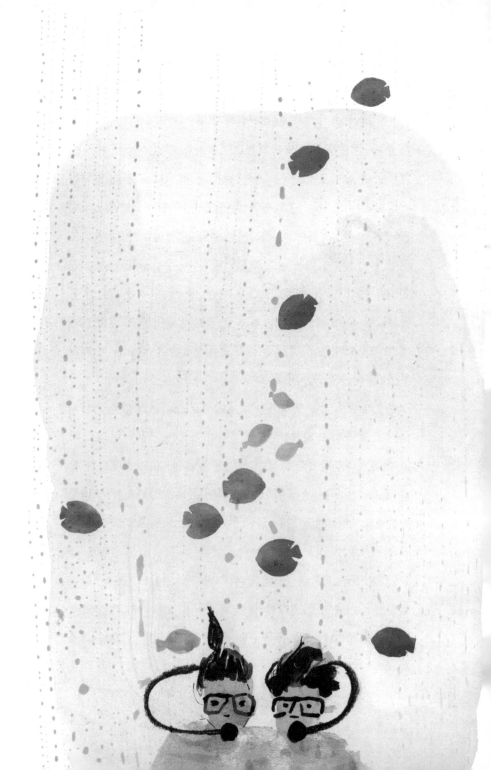

고 있었지만 나는 여전히 조금 무서웠다. 오리발을 신고 허리에 추를 채웠다. 물에 들어갈 때는 허리를 숙이며 한 번에 들어가라고 했다. 바닷속으로 들어가자마자 몸이 쭉쭉 가라앉았다. 수면 아래 3, 4미터쯤 깊이에 바닥이 있었다. 나는 물 밑이 생각보다 환하고 앞이 꽤 잘 보인다는 사실에 놀라 주변을 두리번거렸다. 내 숨소리가 천천히 작아졌다.

HJ는 한 번에 내려오지 못했다. 그녀는 귀가 아프다는 수신호를 했고, 그러자 강사가 HJ의 몸을 잡고 천천히 수면 가까이 끌어올렸다가 다시 내리길 몇 번 되풀이했다. 마침내 HJ도 내 옆으로 내려왔다. HJ는 물 아래로 내려오자마자 내 몸을 톡톡 치고 손가락으로 이곳저곳을 가리켰다.

바다 아래는 온통 은은한 옥빛이었다. 물도 옥빛이고, 돌도 옥빛이고, 바다도 옥빛이었다. 내 피부도 옥빛이었다. 옥빛의 농담만이 달랐다. 빛이 내려오는 위쪽은 형광에 가까웠고, 아래쪽은 새벽 하늘색이었다. 손바닥 반절만 한 크기의 열대어들이 겁도 없이 우리 주변을 돌아다녔다. 열대어들은 조금 떨어져 있을 때는 연한 옥빛과 진한 옥빛 무늬였는데 가까이 오면 갑자기 연한 옥빛이 샛노란색으로, 진한 옥빛은 검은색으로 변했다. 바다의 돌들은 육지와 달랐다. 모두 브로콜리 같은 모양이었다. 그게 산호였다.

현지인 강사가 점토 덩어리 같은 것을 들고 와서 나와 HJ의 손에 쥐여주었다. 따로 설명은 없었지만 그게 물고기 떡밥임을 즉시 알 수 있었다. 강사가 떡밥을 손가락으로 비벼서 뭉개라는 시늉을 했다. 떡밥 가루가 물에 조금 풀리자마자 엄청나게 많은 물고기가 달려들었다. 과장이 아니라 열대어 때문에 앞이 보이지 않을 지경이었다. 물고기로 된 눈보라 한가운데 있는 기분이었다.

황홀경에 빠진 HJ와 내 앞에서 강사가 공기 방울로 도넛을 만드는 등의 묘기를 선보였다. 강사는 손가락으로 열대어를 한 마리 잡아서 내 손에 쥐여주려고 했는데 나는 그 물고기를 살짝 잡았다가 놓았다. 물리거나 쏘이는 게 무서워서가 아니라 내가 쥐면 물고기가 터져버리지 않을까 해서였다. 그러나 의외로 물고기는 단단했고, 또 표면이 미끄럽지 않고 까칠했다. HJ가 〈니모를 찾아서〉에 나오는 그 주인공 물고기—흰동가리—를 발견하고 내게 손짓을 해 보였다.

또 다른 강사가 수중카메라로 우리를 한참 촬영했다. 우리는 카메라 앞에서 손으로 하트 모양을 만들기도 하고 장풍을 쏘는 시늉을 하기도 했다. 그러다가 마우스피스를 빼고 얕은 바다에서 배운 대로 수중 키스를 했다.

어느 정도 물속에 익숙해지자 강사가 헤엄을 치면서 우리를 위에서 끌어 천천히 유영할 수 있게 해주었다. 산호가 뒤덮은 바닥은 기이하게 아름다워 보이기도 했지만 심한 피부병에 걸린 사람의 살처럼 때때로 갑자기 징그럽게 보이기도 했다. 물안경과 불안함 때문에 시선을 정면에 고정하고 있던 나는 가끔 옆에서 흰동가리나 파란 불가사리가 튀어나올 때마다 깜짝 놀라곤 했다.

배로 다시 올라왔을 때 우리를 포함한 한국인 관광객들은 한동안 말이 없었다. 물 위로 올라오고 나니 몸이 상당히 놀라고 지쳐 있다는 걸 깨닫게 됐고, 또 다들 어휘력이 빈곤해 조금 전에 본 별세계를 묘사하거나 그에 대해 토의할 실력이 되지 않았다.

에스키모들에게는 눈을 묘사하는 단어가 수십 가지라고 한다. 그런 단어들을 알기 때문에 그들은 땅에 눈이 쌓인 정도와 습도를 세밀히 분간하고 어제 내린 눈과 오늘 내린 눈의 다른 점에 대해 의견을 나눌 수 있다. 바닷속 풍경에 대해서도 이야기를 하려면 그런 단어들을 알아야 했다. 그러나 그 배에 있던 한국인 관광객들이 해저에 대해 아는 단어라고는 열대어, 불가사리, 니모, 산호 정도가 고작이었다.

아저씨 삼총사도 더는 허세를 떨지 않았다. 아저씨 한 분이 살짝 장난기를 섞어, 나와 HJ를 향해 볼멘소리를 한 게 전부였다.

"카메라가 계속 그쪽 커플만 찍었어요. 우리는 찍지도 않았어."

우리는 딱히 할 말이 없어서 그냥 아무 대꾸도 하지 않았다.

나이를 먹을 만큼 먹은 중년 남녀 일곱 사람이 비밀스러운 종교의식이라도 치르고 온 사람들처럼 갑판에 얌전히 앉아 뭍을 기다리는 모습은 좀 웃겼다. 세상에는 첫 스쿠버다이빙이 새로운 종교의 입문식이 되는 사람도 더러 있다. 휴양지에서 우연히 스쿠버다이빙을 한 뒤 거기에 빠져서 자격증을 따고, 직장을 그만두고, 다이브숍을 차리는 사람들 말이다. 어쩌면 두 시간 전에 우리를 교육했던 강사가 그런 부류일지도 모른다.

우리가 물 밑에 들어갔다 나온 뒤 한동안 말이 없었던 이유는 수면 아래가 정말로 처음 보는 세계였기 때문이다. 신세계를 체험하면 새로운 감각들에 뇌가 놀라게 되고, 익숙한 구세계를 달리 보게 되고, 신세계의 영토만큼 넓어진 머릿속 세계지도에서 자신의 위치를 다시 찾게 된다.

어릴 때는 그런 일들이 매일 일어났다. 하루하루가 열광과 감탄, 발견과 깨달음의 연속이었다. 그러다 10대가 되고 20대가 되자 신세계라고 할 정도의 새로운 경험이 확 줄어들었다. 진짜 새로운 경험은 많지 않다. 첫 비행은 대개 비행기 좌석에 안락하게 앉아서 경험하기 마련이고, 그 경험은 고속버스를 타는 것과 크게 다르지 않다. 첫 강연은 대학생 때 조별 과제를 발표하는 것과 별반 다르지 않다. 서른이 되자 그런 경험은 거의 남지 않았다. 어떤 신세계는 의도적으로 피했다. 출산이라든가 창업 같은 것.

어떤 신세계는 구세계를 너무 파괴적으로 흔들어놓기 때문에 오락의 범주에 놓을 수 없다. 첫사랑, 첫 섹스, 첫 직장 생활 같은 것들이다. 첫 해외여행, 첫 스마트폰 사용 같은 경험은 삶에 적당한 활기를 주지만 스트레스도 제법 준다. 첫 족욕 체험, 첫 그리스 요리 시식 같은 경험은 한두 시간 정도 안전한 즐거움을 준다. 스쿠버다이빙은 놀라운 체험이었다. 그리스 식당에 가는 정도의 비용과 수고로 첫 해외여행 정도의 새로움을 맛볼 수 있게 해주었다. 그런 가성비의 체험은 흔치 않다.

그러나 얄팍했다. 적어도 내게는. 그것이 어떤 사람에게는 새로운 종교가 될 수 있겠지만 내게는 그럴 수 없는 경험임을 나는 즉시 알았다. 해외여행, 스마트폰, 그리스 요리가 다 내게는 그러했다. 좋긴 좋았고 한 번쯤은 반드시 해야 할 일이라고 생각하지만, 거기에 어느 이상 빠져드는 것은 시간 낭비라고 생각되었다. 섹스도, 행위 그 자체는 본질적으로 얄팍하다. 탄트라 요가 섹스나 사도마조히즘의 세계를 탐험한들 거기에 깊고 거대한 무엇이 있으리라고는 생각지 않는다.

어쩌면 그저 내가 남들보다 싫증을 빨리 내거나 매사에 회의적인 기질일 수도 있다. 기자 생활을 버텨나갈 수 있는 원동력으로 취재 현장의 긴장감이라든가 특종을 잡았을 때의 짜릿함을 드는 선배들이 있었다. 내게는 그것이 마라토너들이 말하는 러닝하이처럼 느껴졌다. 적어도 내게는 실체보다는 수사(修辭) 쪽에 더 가까웠다. 마라톤 풀코스를 다섯 차례 달리면서 잠시 정신이 멍해지는 기분을 몇 번 느끼긴 했다. 그러나 결코 그 감각이 마약과도 같은 희열이나 중독성을 주지는 않았다. 달리는 시간 대부분은, 그냥 억지로 달렸다. 11년간의 기자 생활도 비슷했다.

더 나아가서는, 신세계를 발견하는 일에 우리 사회가 과도한 찬탄을 보내는 것 아닌가 하는 생각도 든다. 인생의 특정 시기에 신세계를 탐색하는 것은 권장할 만한 일이다. 마흔이나 쉰에라도 종교나 마약의 대용품이 될 만한 분야를 찾는다면 좋은 일이다. 그리스 요리나 사도마조히즘이라도 좋다. 그러나 신세계를 찾는 것 자체가 목표가 될 수 있을까? 끊임없이 직업을 바꾸고, 분기마다 새 취미에 열정적으로 도전하며, 어딘지 모를 이상향을 찾아 쉴 새 없이 떠돌아다니는 삶이 바람직한 걸까? 그걸 낭만이라고 포장하는 건 시시한 사기 아닐까. 그것은 기실 그 사람의 세계가 그만큼 황량하고 별 볼 일 없음을 폭로할 따름이지 않은가. 어느 정도 날씨가 괜찮고 마실 물과 식량이 있는 평평한 땅을 찾으면 방랑을 멈추는 게 정상이다. 거기에 건물을 짓고 사람을 불러 모아야 한다.

그런저런 생각에 잠겨 다이브숍을 나왔다. 트라이시클을 타고 D몰 입구로 돌아와서야 다이브숍에 이메일이나 전화번호 같은 연락처를 아무것도 남기지 않았음을 깨달았다.

나중에 사진이랑 동영상 어떻게 받지?

아, 씨!

조각조각 난 사유지와
성스러운 의무

　나는 봉두난발이었다. 안 그래도 파마머리의 컬이 풀려가는데 수염까지 기르는 중이었다. 딱히 별다른 이유는 없었고, 리조트의 샤워 부스에 거울이 없어서 면도하기가 귀찮았다. 나는 수염이 숱도 많고 털도 굵은 편이다. 호텔 셔틀버스나 식당에서 한국 관광객들이 내게 더듬더듬 영어로 말을 걸 때 처음에는 이유를 몰랐는데, 헤어스타일과 수염 때문임을 나중에 알게 됐다. HJ는 내가 한국 사람으로 보이지 않고, 일본 남자 같아 보인다고 했다.

　"나쁜 뜻 아니야."

　HJ가 설명했다.

　"잘생겨 보인다는 얘긴가?"

　"그건 아니고."

　"망고 주스 먹을래?"

화이트 비치로 가는 길에 과일 가게에서 망고 주스를 즉석에서 갈아주는 걸 보고 내가 HJ에게 제안했다. HJ는 좋은 생각이라며 한 잔을 사 마셨다. 80페소에 커다란 컵 하나를 준다. 전날 할로위치에서 마신 망고홀릭 주스보다 더 맛있다고 했다. 과일 가게 메뉴판은 한글로 적혀 있었다. HJ는 바닐라 칩도 사고 싶다며 바닐라 칩을 파는 가게를 찾으러 가자고 했다.

"바닐라 칩? 그런 것도 있어? 필리핀 특산물인가?"

"바닐라 칩 몰라? 술집 가서 마른안주 시키면 늘 나오잖아. 김이랑 땅콩이랑 같이 나오는 거."

"바나나 칩 얘기야?"

"아, 바나나 칩."

HJ도 그렇고 장모님도 그렇고 명사를 마구 헷갈리며 아무렇게나 말하는 습관이 있다. 여자들이 애 낳고 나면 그렇게 된다는데, HJ는 애도 안 낳았는데 그런다. 회사에서는 안 그런다고 주장한다.

"자기, 바나나 칩 좋아해? 난 마른안주 먹을 때도 별로 안 먹는데. 와사비 맛 나는 이상한 나뭇가지 같은 거랑 초록 콩보다 조금 나을 뿐인데."

내가 물었다.

"그게, 나도 원래 싫어했는데 홈플러스에서 테스코 시리얼 사 먹으면서 생각이 바뀌었어. 거기에 말린 과일들이 들어 있는데, 바나나 칩도 있더라고. 모르고 샀는데. 그런데 먹다 보니 '어라? 달달하면서 괜찮네? 바삭바삭한 게 과자보다 낫네?' 이런 생각이 들더라."

"우유랑 같이 먹어서 그런 거 아닌가?"

"그럴 수도 있어. 하지만 어쨌든 그래서 바나나 칩에 좀 정을 붙였달까, 그런 상태지. 말린 망고도 내가 한때 많이 먹었지."

"말린 망고가 그건가? 되게 크고 먹다 보면 손 끈적끈적해지는 거."

"응, 맞아. 난 그거 한때 많이 먹었어. 그런데 요즘은 심드렁해."

그런 쓸데없는 이야기를 나누면서 재래시장에 가서 바나나 칩을 파는 가게를 찾았다. 바나나 칩을 파는 가게가 여러 곳이라 그중 제일 싸고 바나나 칩 봉지가 많은 가게에 들어갔다. 필리핀의 바나나 칩은 한국 술집에서 내놓는 물건이나 영국의 할인 마트가 시리얼에 넣는 말린 바나나와는 달랐다. 훨씬 얇고, 세로로 길게 자른 제품이었다. 그리고 설탕이 들어간 것과 들어가지 않은 것 두 종류가 있었다.

우리는 설탕이 들지 않은 제품을 한 봉지 사서, 포장을 뜯고 조금 먹었다. 굉장히 맛있었다. 덜 자극적인 감자 칩 같은 식감이었다. 하도 얇아서 혀로도 씹을 수 있을 것 같았다. 바삭바삭하면서 고소하고, 살짝 달콤했다. HJ와 나는 서로 얼굴을 마주 보고는 설탕이 든 제품도 얼른 한 봉지를 샀다. 이건, 와우! 먹자마자 맛에 반해버렸다. 완전히 꿀맛이었다.

D몰에서 나와 화이트 비치를 걸었다. 햇빛이 살인광선처럼 쏟아졌다. 얼굴을 찌푸리며 걷다가 타코가 유명하다는 스페인 식당 '마냐나'에 들렀다. 마냐나는 '장차, 내일'이라는 의미다. 내가 이 단어의 뜻을 아는 것은 조지 오웰의 《카탈로니아 찬가》를 읽었기 때문이다. 스페인 내전이 벌어졌을 때 오웰은 스페인어 사전을 들고 공화파 의용군에 자원입대했다. 오웰은 입대 이후 얼마 동안 담당 중위를 만날 때마다 사전을 꺼내 들고 "나는 소총은 다룰 줄 알지만 기관총은 모른다, 기관총 교육은 언제인가?"라고 물었다. 의용군 장교는 "마냐나"라는 대답을 되풀이했다. 사실 오웰이 속한 소대에서 기관총은커녕 소총이라도 쏠 줄 아는 사람은 오웰뿐이었다. 오웰은 이후 스페인에 있는 내내 '마냐나'라는 말을 수도 없이 더 듣게 된다.

아무튼 보라카이의 해변에 있는 식당 마냐나는 HJ가 인터넷으로 봐둔 곳이었다. 이곳 망고 셰이크가 유명하다고 했다. 망고 셰이크는 130페소였는데, 작은 어항을 하나 채울 만한 양이었다. 망고 셰이크는 커다란 종이컵에 가득 담겨 나왔다. 깜짝 놀랄 만큼 달고 맛있었다.

"망고 주스나 망고 셰이크는 보이는 족족 사 먹어야겠어."

HJ가 말했다. 망고 덕분에 혈당 수치를 적정 수준으로 유지한 그녀의 얼굴은 평화로워 보였다.

"이건 안 지겨워?"

내가 물었다.

"응, 안 지겨워."

"왜?"

"몰라, 맛있어."

종이컵을 들고 화이트 비치를 걷자 온갖 노점상이 우리를 향해 호객을 했다. 파는 물건들은 대개 보잘것없었다. 야광 팽이, 모자, 선글라스, 셀카봉 같은 것들이었다. 어린아이들을 겨냥한 피규어도 있었다. 아무 물건도 들지 않은 호객꾼들도 있었다. 언니 마싸지? 마싸지? 돛단배? 돛단배? 낙하산? 낙하산? 낙하산 재밌어요.

개중에 돌 조각을 파는 사람이 눈길을 끌었다. 손바닥만 한 연회색 돌에 돋을새김을 한 것이었다. 조각 모양은 돌고래나 돛단배, 성모마리아였는데 제법 디자인이 예쁘고 개성이 있었다. 상인도 내 눈길을 눈치채고 자리에서 일어나 나를 끈덕지게 쫓아왔다. 처음에는 550페소를 부르더니 나중에는 200페소까지 가격이 내려갔다.

"그냥 가. 왜 눈길을 줘?"

자꾸 걸음이 뒤처지는 나를 HJ가 떠밀었다.

"아니, 그런데 이건 좀 예뻐."

그제야 HJ는 고개를 돌렸다. 그러고 나서는 "어, 그러네?"라며 놀랐다. 조각 상인은 입이 벌어졌다. "이거 200페소 맞죠?"라고 물었더니 그는 고개를 연신 끄덕이며 "베리 굿 딜"이라고 했다. 우리는 거북이 조각을 샀다. 나는 돛단배 조각도 사고 싶었지만 HJ가 기념품은 하나로 충분하다며 말렸다.

우리는 '에픽'이라는 고급 식당을 찾아갔다. 보라카이 최고의 레스토랑 겸 파티 클럽이라고 했는데, 거기서 식사를 할 생각은 없었고 차를 마시며 분위기를 즐길 생각이었다. 에픽은 건물 전체에 검은 천을 두르고 있었다. 공사 중인가 했는데 웰터급 복싱 경기가 안에서 열리고 있었다. 입장료가 너무 비싸서 들어가는 걸 포기했다.

전날 술을 팔던 해변 카페에는 들어갈 수 없었다. 지금도 잘 이해가 안 되는데, 아마 카페 운영 방침이 일몰을 기준으로 바뀌는 모양이었다. 낮에는 그 앞에 있는 호텔 투숙객만 카페에 들어가 파라솔과 선베드를 이용할 수 있었다. 하긴, 그렇지 않으면 비싼 돈을 내고 바닷가 호텔에 머물려는 사람이 없을 것 같다. 호텔 두어 곳에 들어가 프런트에 "추가 요금을 낼 테니 카페를 이용할 수 없느냐"고 문의했지만 안 된다는 답변뿐이었다.

세 시간에 300페소라며 호객꾼이 안내하는 파라솔도 있었지만, 호텔 앞 해변 카페들에 비하면 영 초라해서 마음이 내키지 않았다. 한낮의 바닷가는 조각조각 난 사유지였고, 최소한의 장비로 수익을 올리는 부동산이었다.

피부가 타들어가는 듯한 기분이 들었을 때 해변에서 다소 떨어진 피자 가게 '티토스'에 들어갔다. 계단을 올라 2층에 있는 가게에 들어가자마자 이곳이 바로 우리가 찾던 장소임을 알았다. 손님은 우리뿐이었고, 시원한 에어컨 바람이 나왔다. 2층 한 면이 전부 유리창이었는데, 바다가 가득했다. 호객꾼이며 돈 받고 자리를 빌려주는 파라솔은 전혀 보이지 않았다. 보이는 것은 모래사장 끄트머리와 그림처럼 파란 바다뿐이었다. 죽이는 전망이었다.

HJ는 망고 주스를 주문했다. 나는 카페라테가 마시고 싶었는데 우유가 없다고 해서 그냥 아메리카노를 마셨다. 에어컨 바람을 쐬며 HJ는 오가와 이토의 《따뜻함을 드세요》를 읽었고, 나는 《동물들의 침묵》을 뒤적거렸다.

그러나 글자가 눈에 잘 들어오지 않아 나는 책을 덮고 HJ가

들고 다니던 지도를 보았다. 보라카이 관광청 사무소에서 받아온 바로 그 지도였다. 지도에는 가게들을 홍보하는 작은 광고들도 있었는데, 홍보 문구 하나하나가 재치가 넘쳤다. 특히 '코코망가스'라는 술집 광고가 웃겼다.

이곳의 캐치프레이즈는 '조국을 위해서'였다. 이 바에서는 양주를 스트레이트로 열다섯 잔을 마시는 게임을 하는데, 그렇게 마시고도 멀쩡히 서 있으면 '15잔 마시고도 두 다리로 서 있었음'이라고 적힌 티셔츠를 준다고 돼 있었다. 또 그렇게 마신 사람의 이름을 가게 벽에 새겼다. 가게에는 무슨 올림픽 메달 집계처럼 '두 다리로 서 있었음' 나라별 순위와 득점수를 적은 점수판도 걸려 있었다.

2014년 11월 현재 1위 국가는 필리핀이었다. 2위는 대만, 3위가 한국이었다. 그 뒤로는 중국, 미국, 호주, 영국, 캐나다, 러시아, 독일순이었다. 일본은 아예 순위에 들지도 못했다. 보라카이에 오는 국가별 관광객 수와 그 나라 음주 문화의 영향을 받는 지표였다. 러시아는 문화의 힘으로 적은 관광객 수를 극복하는 것일 테고, 한국이 중국을 누른 이유는 아이러니하게도 인해전술 덕분이겠지.

HJ가 이 가게에서의 두 잔째 망고 주스를 다 마시고 무료한 표정을 짓고 있을 때 내가 제안했다.

"해 질 때까지 이대로 D몰에 있는 건 힘들지 않을까? 그냥 호텔로 돌아가자."

"그랬다가 노을 구경하러 또 나오자고?"

"응, 어차피 셔틀버스 타고 나오는 건데, 뭐. 별로 힘도 안 들잖아?"

HJ는 잠시 생각하다가 "그게 낫겠네"라고 대답했다. 찻값을 계산하면서 HJ가 말했다.

"보라카이에 다시 온다면 제대로 놀 수 있을 것 같다. 여기를 어떻게 즐겨야 하는지 이제 감을 잡은 거 같아."

"호텔을 베이스로 삼고 D몰을 집 앞마당처럼 자주 들락거리는 거지. 밥 먹을 때, 술 마실 때, 석양을 볼 때만 그때그때 D몰에 나와 볼일을 보고 돌아가는 거야."

내가 말했다.

"맞아, 처음부터 그렇게 해야 했는데. 첫날 비행기가 연착한 게 아주 우리한테 빅엿을 줬어."

HJ가 말했다.

버깃마트 앞에는 우리 외에도 다른 가족이 셔틀버스를 기다리고 있었다. 선셋 세일링을 함께했던 바로 그 가족이었다. 서로를 알아본 우리는 어색하게 인사를 나눈 뒤 딴청을 피웠다.

옷이 바닷물에 젖었다며 투덜거리던 꼬마는 엄마 다리 뒤에 숨어서 겁먹은 눈으로 나를 살폈다. 나는 웃어 보였다. 꼬마는 해변 노점상에서 파는 피규어를 손에 하나 들고 있었다.

"트랭크스네. 바닷가에서 샀니?"

내가 말을 걸자 꼬마가 입을 떡 벌렸다. 믿을 수 없다는 표정이었다.

"트랭크스를 알아요?"

내가 《드래곤볼》을 처음 봤던 게 1989년이다. 아마 너희 어머니랑 아버지가 만나기도 전이었을 거다, 그런 대답을 할 뻔했으나 나는 이렇게만 말했다.

"베지터랑 부르마 자식이잖아. 오천이랑 퓨전을 하고."

꼬마의 입은 이제 함지박만 해졌다. 꼬마는 엄마에게서 떨어져 내게 찰싹 붙었다. 우리는 버스에 타서도 계속 마인부우니 18호니, 초사이어인2, 드래곤볼GT 등등을 떠들었다. HJ는 나를 한심하다는 듯이 바라봤고(내가 애니메이션 영상을 볼 때 늘 짓는 표정이다), 아이의 어머니는 아들로부터 잠시 눈을 돌릴 수 있어 다행이라는 분위기였다. 내가 꼬마와 이야기하는 동안 HJ와 꼬마의 어머니도 서로 담소를 나누었다.

꼬마와 《드래곤볼》 이야기를 이어가는 것은 그렇게 쉬운 일만은 아니었다. 나는 《드래곤볼》을 주로 만화책 위주로 봤고, 인조

인간편 이후로는 설렁설렁 넘겨 보았다. 꼬마는 인조인간편 다음 에피소드인 마인부우편을 아주 좋아했으며, 극장판도 섭렵했다. 그래서 브로리니 바이오 브로리니 하는 캐릭터를 이야기할 때 잘 이해하기 힘들었고, 남자 꼬마들 특유의 에너지와 집중력도 점점 감당하기 어려워졌다. 다행히 적절한 시점에서 셔틀버스가 우리 리조트에 도착했다.

리조트에 와서는 방에서 음악을 들으며 뒹굴거리다 짐을 챙겨서 전용 해변으로 갔다. 파도가 전날보다 조금 더 거셌고, 물이 조금 빠진 느낌이었다. 여전히 사람은 없었다. 수영은 조금 하다 말았고, HJ와 선베드에 누워서 빈둥댔다. 타월을 이불처럼 덮으니 딱 맞게 따뜻하고 좋았다. 꼬마와 《드래곤볼》 이야기를 하다 기를 쪽쪽 빨린 기분이었다.

HJ는 처음 나와 사귈 때 내가 아버지가 되면 안 될 사람이라고 생각했다고 한다. 다른 사람 일에 나처럼 무심하고 냉정한 사람은 그때까지 본 적이 없었다는 거다. 그러다가 나와 함께 살게 된 뒤로는 생각이 180도 바뀌어, 내가 만약 아버지가 된다면 훌륭한 아버지가 될 거라고 생각했다고 한다. 내가 정성스럽게 화분과 물고기나 달팽이를 키우는 모습을 보고 몹시 놀랐다는 것이다. 나는 선물로 받은 손바닥만 한 화분들을 작은 나무로 키웠고, 멕시카나 치킨 사은품으로 온 애완용 열대어 제브라다니오

169

는 우리 집에서 3년 넘게 살았다.

"그건 사랑이 아냐. 그냥 성실한 거야."

HJ의 칭찬에 당황한 내가 말했다. 나 스스로도 내가 사랑이 많은 인간이라고 여기지는 않았다. 내가 사랑할 수 있는 건 나를 포함해 인간 두 명, 화분 몇 개, 동물 한두 마리 정도가 고작 아닐까 싶었다.

"그게 사랑이야."

HJ가 대답했다.

성실한 게 사랑일까? 아니라고 생각한다. 하지만 자라나는 아이들에게 필요한 건 부모의 사랑보다는 부모의 성실함이라고 생각한다. 어쩌면 나는 좋은 아버지의 자질을 가졌을지도 모른다.

어쩌면 아닐지도 모르겠다. 자라나는 아이들에게 필요한 성실함의 양은 초인적인 수준이고, 그런 초인적인 성실함은 사랑이 없으면 발휘할 수 없는 것일지도 모른다. 어쨌든 이제 와서는 알 수 없는 문제이고, 무의미한 문제다. 정관수술을 한 남자는 복원 수술을 하면 다시 정자를 배출할 수 있는데, 복원 수술의 성공 가능성은 시간이 지날수록 떨어진다. 아마 나는 이제 복원 수술로도 가임 능력을 되찾기 어려울 것이다.

"꼭 다시 생각해봐라. 부모로서 산다는 건 완전히 다른 경험이다. 부모가 안 되어본 사람은 그런 삶을 결코 모른다."

"나중에 후회하지 않겠어? 지금이야 자식 없는 게 홀가분하고 좋을지 몰라도 나이가 들면 어떨지 몰라. 그때 가서 다 큰 자녀를 갑자기 입양할 수도 없잖아?"

내가 아이를 낳지 않고 살 계획이라고 말하면 그렇게 조언하는 선배들이 있었다. 글쎄? 나는 그런 조언들은 모두 손쉽게 뒤집을 수 있다고 생각한다. 부모가 아닌 상태로 늙는다는 것도 이전에 내가 해왔던 것과는 완전히 다른 경험이다. 부모로 사는 사람은 부모가 아닌 사람이 자녀 양육에 쓰지 않은 에너지로 무엇을 할 수 있을지, 어떤 가능성을 펼칠 수 있을지 결코 알 수 없다. 자녀를 낳은 걸 나중에 후회할 수도 있다. 지금이야 아이들이 귀엽고 사랑스러울지 몰라도 나이가 들면 어떻게 될지 모른다. 그때 가서 다 큰 자식을 갑자기 내 자식 아니라며 내칠 수도 없다.

내가 두려워하는 것은 좀 더 영적인 문제였다. 만약 신이 존재하고, 영혼이라는 것도 있고, 삶에 성스러운 의무라는 게 있다면, 그 성스러운 의무는 이런 것 아닐까. 다른 사람을 네 목숨보다 더 깊이 사랑하라. 다른 사람을 행복하게 만들어줘라. 그리고 내가 화분에 물이나 주고 있을 때 부모들은 자녀를 통해 그런 의무를 손쉽게 달성하는 것 아닐까.

나는 파도 소리를 들으며 낮잠을 좀 잤다. 잠에서 깨어났을 때는 햇살이 많이 약해져 있었다. '세계 최고의 노을'을 보려면 슬

슬 화이트 비치로 떠나야 할 시간이었다.

HJ는 여전히 전날 싸움을 생각하고 있었던 듯했다.

"자기는 내가 이렇게 짜증 내고 화내고 그러는데 왜 나를 좋아해?"

짐을 챙기며 HJ가 물었다.

"나중에 복수하려고. 나한테 푹 빠지게 만든 다음에."

내가 대답했다.

"〈아내의 유혹〉처럼? 눈 밑에 점 하나 찍고?"

"응."

"나랑 똑같은 생각을 하고 있군."

HJ가 말했다.

셔틀버스를 타고 화이트 비치로 갔다. 해변의 적당한 장소에 자리를 잡고 앉아서 해가 지는 걸 봤다.

그곳이 '적당한 장소'였던 이유는 어느 필리핀 소년으로부터 적당히 가까우면서 또 적당히 떨어진 지점이었기 때문이다. 소년은 스마트폰에 외장 스피커를 연결해서 바닷가에 누워 음악을 듣고 있었다. 그런데 그 음악이 딱 노을에 어울렸다. 소년은 긴 바지를 입고 상의는 벗은 채였다. 모래로 베개를 만들고 멍하니 바다를 바라보며 음악을 듣고 있었다. 무라카미 하루키 소설 속

172

쿨한 소년이 실제 세계로 나온다면 바로 이런 모습 아닐까. 매일 보는 풍경일 텐데 지루하지도 않을까.

우리는 소년의 음악을 훔쳐 들으며 해가 지는 모습을 구경했다. 보라카이의 노을은 서울의 노을과 달랐다. 태양 주변 하늘이 붉게 물들었지만, 그 붉은 기운이 하늘 전체를 채우지는 못했다. 바다 위라서 그런가, 하늘 자체가 도시의 하늘보다 훨씬 더 큰 느낌이었다. 어쩌면 서울은 매연 탓에 빛이 더 산란하는지도 모르겠다.

그래도 구름은 붉게 타올랐다. 구름은 모양이 섬세하고 선이 분명했다. 사람도 구름도 생김새가 뚜렷한 나라였다. 그 아래 땅이 없는 허공에도 구름이 많이 떠 있다는 당연한 사실을 상기하고는 기분이 이상해졌다.

나와 HJ는 껴안고 석양을 보았다.

"이제 나 좋아?"

내가 물었다.

"나한테 복수할 거야?"

HJ가 되물었다.

"안 할게."

"그럼 많이 좋아."

소년의 스피커에서는 파 이스트 무브먼트, 아델, 리아나, 싸이가 나왔다. 소년은 무심하게 석양을 보는 듯하면서도 비트가 커지거나 멜로디에 중요한 변환이 있을 때는 다리를 흔들거나 손가락으로 딱 소리를 냈다.

나는 어릴 때 그런 음악의 좋은 점을 몰랐다. 곡 길이가 10분, 15분을 넘어가고 박자가 두 번쯤 바뀌고, 기타가 미친 듯이 빨라지는 대목이 있는 '대곡'들이 최고라고 생각하며 쉽고 달콤한 노래들을 우습게 보았다. 친절한 사람들을 우습게 여기고 허세만 잔뜩 부리고 다녔다.

'내가 여기 소녀였다면 저 소년과 사랑에 빠졌을 거야.'

나는 생각했다.

그렇게 한 시간가량 소년도 우리도 바다만 바라보았다. 세계 최고의 우울한 석양이었다. 나는 생각했다. 이곳에 뭐가 낯선 게 있을까. 왜 도시에서는 이렇게 감동을 하지 못했을까.

'도시에서는 이렇게 석양을 기다려서 천천히 본 적이 없었으니까. 저녁 무렵에는 늘 할 일이 있었으니까. 해는 매일 지는 거라고, 구태여 기다릴 필요가 없다고, 석양 따위는 한가할 때 보면 된다고 여겼으니까.'

나는 생각했다.

셋째 날 밤

바빌론의
타락한 무희들과
2 더하기 2는 5

해가 완전히 진 뒤 저녁을 먹으러 '게리스 그릴'에 갔다. 마냐나에서 조금 떨어진, 해변의 야외 바비큐 식당이었다.

우리는 모래사장에서 가장 바다에 가까운 자리에 앉았다. 나는 주문을 HJ에게 일임했다. 메뉴판을 한참 연구한 HJ는 그린 망고 샐러드와 게살 볶음밥, 오징어 바비큐, 그리고 돼지고기 바비큐를 주문했다. 나는 술을 마시지 않으려 했으나 HJ의 권유에 망설이다가 산 미구엘 필젠을 한 병 시켰다. HJ도 맥주를 시켰다.

밤이 되자 해변은 사람들로 북적거렸다. 잡상인도 호객꾼도 낮보다 배로 늘어난 것 같았다. 막연히 필리핀 사람들은 체구가 작을 거라 생각했는데 별로 그렇지도 않았다. 어깨가 떡 벌어지고 키가 큰 현지인 남자도 많았다.

어린아이들이 눈길을 끌었다. 모래밭에서 진짜처럼 생긴 장난감 권총을 들고 뛰어다니는 아이들이 있었다. 열 살도 채 안 됐지 싶은 꼬마들이었다. 이곳저곳에서 모래성을 쌓는 아이들도 있었는데, 그 모래성은 제법 규모가 크고 정교한 작품이었다. 다만 생김새는 다 똑같았다. 제대를 앞둔 말년 병장들 사이에서 탄피로 반지나 목걸이를 만드는 법이 입에서 입으로 전수되듯이, 모래성 쌓는 법을 이곳 아이들이 공유하는 듯했다. 모래성을 만드는 아이들은 그 앞에서 발걸음을 멈추는 관광객들이 있으면 열심히 말을 걸고 사진을 찍으라는 시늉을 했다. 관광객들의 이름 영문 이니셜을 모래성 앞에 새겨주고, 기념사진을 찍게 해준 뒤 돈을 얼마간 받는 모양이었다.

아예 대놓고 구걸을 하는 아이들도 있었다. 구걸법도 전수가 되는 모양이었다. 왜냐하면, 작은 강아지를 껴안고 길에 절을 하는 자세로 엎드려 손을 벌린 아이를 몇 명이나 봤기 때문이다. '강아지를 껴안고 엎드리면 벌이가 더 좋다'는 노하우를 공유하는 것 아닐까.

팔찌를 파는 작은 여자아이는 대담하게 식당 안에 들어와 집요하게 HJ에게 달라붙었다. 다섯 살이나 여섯 살 정도 되어 보였다. 끝끝내 시선을 외면하니 여자아이는 팔찌 하나를 HJ의 무릎 위에 놓고 도망가기도 했다. 처음에는 어느 정도 동정적인 분위기였던 HJ도 부아가 치밀어 오기로 팔찌를 사지 않고 버텼다.

여자아이는 HJ에게 주먹을 들어 때릴 듯한 시늉을 하더니 큰 소리를 지르고 몇 걸음 물러났다. 그리고 우리 옆 야자수 아래 앉아서 식당에서 나오는 노래를 혼자 따라 불렀다. 마돈나나 샤키라 같은 노래들이었다.

"애들 부모는 뭐 하는 사람들일까? 정상적인 부모가 애들한테 이런 걸 시키진 않을 거 같은데. 그런데 또 애들이 옷은 다 잘 입고 있는 것 같거든. 학대받는 아이들 같지도 않고. 집이 이 근처에 있나? 아니면 어머니나 아버지가 이 근처 호텔이나 식당에서 일하나? 그래서 부모들이 어차피 근처에서 일없이 놀 바에야 모래성을 만들거나 소소하게 물건을 파는 게 아주 나쁘지 않다, 그렇게 여기는 걸까? 아니면 아이들이 자기들끼리 뭉쳐 다니면서 동네 형이나 오빠한테 도매로 팔찌 공급받고 그러는 건가?"

HJ가 물었다.

"한국 기준으로 생각하니까 이상해 보이는 거지, 막상 여기 사람들은 그렇게 심각하게 생각하지 않을걸? 뭐 그렇게 나쁜 일도 아니고. 애들도 모래성 만들다가 바다 들어가서 놀고 그러는 거 같은데. 표정도 밝아. 무슨 앵벌이 조직에 속해 있는 건 아닌 거 같아."

내가 자신 없는 목소리로 대답했다. 처음 중국에 갔을 때가 떠올랐다. 단둥(丹東)의 더러운 골목에서 거지 소년 한 명이 나를 수십 미터나 쫓아오며 잔돈을 달라고 내 앞에서 여러 차례 무릎을 꿇었다. 그에 비하면 팔찌를 안 사준다고 소리를 지르고 토라지는 소녀는 동화책에 가까웠다.

"보라카이는 섬이고 개발된 지도 얼마 안 됐잖아. 외국인 관광객이 어느 날 몰려와서 돈을 뿌리는 바람에 갑자기 생겨난 마을이지. 기본적으로 물가도 엄청 비쌀 테고, 어지간한 필리핀 사람은 오기 힘든 곳 아닐까. 여기에 있는 필리핀 사람들은 그 진입장벽을 뚫고 관광경제에 편입되려는 희망을 품고 온 사람들이고, 그러니까 자기 운명을 개척하려는 사람들이고, 또 아직 대체로 젊어……."

나는 내가 무슨 얘기를 하는지도 모르고 생각나는 대로 지껄였다.

《동물들의 침묵》에는 1920년대 말에서 1930년대 초반까지 소련을 방문한 서구 지식인들과 기자들 이야기가 나왔다. 미국이 대공황을 겪던 시기에 소련을 방문한 저널리스트나 작가들은 대개 자본주의에 부정적이었다. 기자들은 소련을 찬미하는 글을 열심히 써서 송고했다.

그러나 당시 소련에서는 집단농장 정책의 실패로 대공황과는 비교도 할 수 없는 혼란이 벌어지고 있었다. 우크라이나에서는 대기근이 벌어져 200만 명 이상이 굶어 죽었다. 대도시 길거리에 굶어 죽은 시체가 굴러다녔다. 아무리 외부인이었다 해도, 아무리 소비에트 당국이 숨겼다 해도 도저히 모를 수가 없는 현실이었다. 소련 어디에나 떠돌이 고아들이 있었다. 모스크바 거리에서도 군인들이 굶주림에 지친 농민들을 총으로 몰아가는 모습을 흔히 볼 수 있었다. 귀중품을 가진 것 같은 사람들을 비밀경찰이 납치해 물건을 숨긴 장소를 대라고 고문하는 일이 너무 공공연해서 그에 대한 농담이 만연할 정도였다. 그런데 좌파 기자들과 지식인들은 그런 광경을 보지 못한 것처럼 굴었다. 영국 기자 가레스 존스는 우크라이나 대기근을 보도했다가 다른 기자들로부터 따돌림을 당했다. 특파원들이 합심해서 기사를 반박하는 시리즈 기사를 내보냈다. 존스는 다시 소련을 방문할 수 없었고 나중에 몽골에서 살해당했다.

어쩌면 당시 기자 몇몇은 정말로 떠돌이 고아나 굶주린 농부나 비밀경찰이나 군인들의 총을 보지 못했던 것 아닐까. 소련 검열 당국이 보여준 번쩍번쩍한 공장 설비와 사치품 상점, 활기차 보이는 공사 현장, 멋진 구호가 적힌 현수막들에 눈이 멀어서 말이다. 내가 이곳에서 산호 해변과 파란 바다와 아름다운 노을에 눈이 멀어 있는 것처럼.

요리가 나와서 불편한 생각을 멈출 수 있었다.

"나도 어떻게 하는 건지 잘은 몰라."

HJ가 리퀴드 시즈닝과 고추, 레몬을 섞어서 소스를 만들며 말했다. 그녀는 오징어 위에 작은 녹색 과일의 과즙도 레몬즙처럼 뿌렸다. '칼라만시'라는 과일인데, 필리핀의 명물이고 비타민이 엄청나게 많이 들어 있다고 HJ가 설명했다.

그린 망고 샐러드는 짭짤하면서 새콤했다. 상상도 못 한 맛이었다. 치킨 무나 삼겹살 무생채에 소금을 뿌린 것 같은 느낌?

돼지고기 바비큐는 그보다 친숙한 맛이었다. 조금 더 큼직하고, 더 달게 만든 길거리 닭 꼬치 같았다. 오징어 바비큐는 매우 부드러워서 놀랐다. 맛있었다. 오징어 바비큐도 소스는 돼지고기 바비큐와 비슷했다. 달콤한 간장 맛이었다.

"사람들이 보라카이 음식이 짜다던데, 나는 잘 모르겠네. 게살 볶음밥이랑 같이 먹으니까 하나도 안 짠데."

HJ가 말했다.

"밥하고 같이 먹어야 하는 음식인데 모르고 따로 먹어서 그런 거 아닐까? 밥 없이 김치찌개 먹는 식인 거지."

내가 대답했다. 그러고 나서 나는 불쑥 덧붙였다.

"앞으로 내가 진짜 잘해줄게."

HJ는 내 말에 전혀 놀라지 않았다. 그녀는 고개를 끄덕이며 이렇게 대꾸했다.

"잘해주지 않으면 물어뜯을 거야."

아마 바비큐를 먹고 있어서 그런 대답이 나왔던 것 같다.

게리스 그릴에서 나와 바로 셔틀버스를 타고 페어웨이 리조트로 돌아왔다.

방으로 들어가려다 숙소동 앞에 있는 풀장을 보고 깜짝 놀랐다. 이 수영장은 낮보다 밤에 이용하라고 만든 것이었나 보다. 수영장 바닥에 투광기를 넣어서 물 밑에서 조명이 올라왔다. 그 외에는 다른 조명이 없어 전체적으로는 어둑어둑했다. 풀장 한쪽 면은 바처럼 되어 있었는데, 수면 조금 아래에 의자가 있었고 거기 앉으면 상체를 바에 편히 기댈 수 있었다. 반대편에서는 리조트 직원 한 사람이 칵테일을 만들고 또 한 사람은 턴테이블을 돌리고 있었다. 수영을 하다가 물 밖으로 나오지 않고 술을 마실 수 있는 셈이었다. 커다란 스피커에서 클럽 음악이 빵빵하게 나왔다. 전반적으로 할리우드 틴에이저 공포 영화의 배경으로 딱 어울릴 분위기였다.

젊은 한국 여성 두 명이 과감한 비키니를 입고 물가에서 바빌론의 타락한 무희들처럼 외설적인 춤을 추었다. 리조트 직원들은 함지박만큼 벌어진 입을 감추려 들지도 않았다. 나는 젊은 여성들이 나를 포함해 다른 사람들의 시선을 의식하고 있다고 생각했지만, 실은 그런 광경을 본 적이 거의 없는 내가 그들의 시선을 의식했던 건지도 모른다.

HJ와 나는 방에서 수영복으로 갈아입고 풀장으로 나왔다. 나는 문자 그대로 수영장에 몸을 던졌다. 요란한 물보라를 내며 엉덩이로 입수해서 풀 바닥을 찍고 올라왔다. 춤을 추던 아가씨들은 잠시 몸을 멈추었으나 이내 '늙은 아저씨네'라는 듯한 표정을 짓고 하던 일을 계속했다.

수영장은 인피니티 풀만큼은 아니었지만 꽤 컸다. 우리와 비키니 아가씨들은 서로 방해하지 않고 수영장을 반으로 나눠 즐겁게 놀았다. 우리는 주로 평영으로 수영장을 왕복하며 시간을 보냈다. 아가씨들이 춤을 추는 반대편에서, 고양이 두 마리가 어둠 속에서 슬그머니 나타나 수영장 물을 조용히 마시고 갔다.

한 시간쯤 수영을 한 뒤 숙소로 돌아가 다시 옷을 갈아입고 나왔다. 수영장에서 숙소까지 빠른 걸음으로 1분 거리도 되지 않았으므로 귀찮지는 않았다. 책을 한 권씩 들고 대식당으로 갔다. 숙소에서 로비동까지는 빠른 걸음으로 3분 거리였다.

이번에는 대식당에 아예 우리밖에 손님이 없었다. 기타를 든 혼성 듀오가 안도하는 표정으로 우리를 맞았다. HJ는 맥주를, 나는 콜라를 마셨다. 카페라테를 마시고 싶었는데, 여기서도 카페라테는 팔지 않았다.

듀오는 멜랑콜리한 노래들을 불렀다. 첫째 날 봤던 밴드는 포크록이었는데, 듀오는 샹송과 재즈의 중간쯤이었다. 편곡을 독특하게 해서, 한참 듣고 난 다음에야 '아, 이 곡이었구나!' 싶은 노래들이 많았다. 우리는 듀오의 바로 앞자리에 앉아 콜라를 마시며 음악을 들었다.

나는 《동물들의 침묵》을 몇 페이지 읽었다. 미국 통신사 UPI의 모스크바 특파원이었던 유진 라이언스는 처음에는 가레스 존스를 비판하는 데 가담하고 우크라이나 대기근을 부정하는 반박 기사를 썼지만 이내 소련의 실체를 깨닫게 됐다. 그는 소련 당국이 발표하는 비정상적인 통계나 황당한 낙관주의를 보고 그들이 '2 더하기 2가 5라고 우기고 있다'고 썼다. 실제로 '2 더하기 2는 5'라는 구호가 소련에 걸려 있었다.

유진 라이언스의 책을 읽고 주간지에 서평을 쓴 사람은 바로 조지 오웰이었다. 조지 오웰은 뒤에 《1984》에서 '2 더하기 2 논증'을 발전시켰다.

'자유란 둘에 둘은 넷이라고 말할 수 있는 것이다.'

《1984》의 주인공 윈스턴 스미스의 생각이다. 그러나 그는 극심한 고문을 받은 뒤 2 더하기 2는 3이나 5, 또는 당이 원하는 어떤 숫자라도 될 수 있음을 이해하게 된다.

실제로 감옥 생활을 했었던 도스토옙스키는 이 문제를 정반대로 봤다. 그에게는 2 더하기 2—사실 도스토옙스키가 쓴 표현

185

은 2 곱하기 2였는데—가 4일 수밖에 없다는 사실은 구속이자 족쇄였다. 어렸을 때 내가 중력에 대해 느꼈던 감정과 비슷하다. 《지하생활자의 수기》에서 화자는 그 수식을 자신이 부수고 나갈 수 없는 벽으로 보았다.

'하지만 단지 힘이 없다는 이유만으로 벽 앞에서 그 벽과 타협하지도 않을 것이다.'

도스토옙스키는 이렇게 썼다.

재즈 듀오의 노래를 들으며 그런 글을 읽고 있으니, 이 부분이 원곡과 편곡의 관계와 같다는 생각이 들었다. 원곡의 멜로디는 편곡자에게 세계의 기초이면서 동시에 벗어날 수 없는 한계인 것이다.

그러다가 나는 이것이 결혼 제도에 대한 비유가 될 수도 있음을 깨달았다.

진보 운동가나 페미니스트 중에 간혹 결혼식은 올리더라도 혼인신고는 하지 않거나, 아예 결혼을 거부하고 동거를 택하는 사람들이 있다. 나는 그런 의견을 존중하며, 그런 선택의 배경도 이해한다. 아마도 그런 결단에는 결혼 제도가 인간을 억압한다는 인식이 깔려 있을 것이다. 실제로 한국을 비롯한 많은 나라에서 결혼 제도가 여성의 활동을 제약하거나 성 또는 노동을 착취하는 수단이 된다. 미혼, 기혼, 남자, 여자 할 것 없이 많은 개인이 그 제도에 구속당하고 피해자가 되곤 한다. 그것은 부정할 수 없는 사실이다.

그러나 그렇다고 결혼 제도를 통째로 적으로 몰아붙이는 행위 역시 나는 새로운 억압 안에 자신의 상상력을 가두는 일이 아닌가 생각한다. 그것은 해방이라는 이름의 억압이다.

인간은 가치를 좇는 존재다. 그리고 가치를 좇는 행위 자체가 세상에 폭력적인 질서를 부여한다. 제멋대로 세계를 가치 있는 것, 가치가 덜한 것, 가치 없는 것으로 분류하기 때문이다. 그런 질서는 필연적으로 구속과 억압을 만들어낸다. 모든 광명은 반드시 그림자를 만든다. 아니, 이건 적절치 않은 비유인지도 모르겠다. 오히려 종이에 데생을 할 때 펜으로 어둠을 그려서 빛을 표현하듯, 그림자가 광명을 만들어낸다는 말이 옳겠다. 왜냐하면, 그 모든 가치는 결국 허구의 산물이기 때문이다. 구속과 억압을 통해 겨우 그 허구가 현실 세계에 모습을 갖추는 것이다.

결혼의 본질은 무엇인가? 그것은 두 사람이 영원한 사랑을 믿으며, 검은 머리가 파뿌리 되도록 다른 사람에게 한눈팔지 않고 상대에게 충실하겠다는 공개 선언이다. 이것은 부자연스럽고 인위적인 개념이다. 인간은 열정을 금방 잃고, 섹스의 가능성이 있는 타인을 향해 수시로 한눈을 팔며, 오래도록 한 가지 대상에 충실할 수 없는 존재다. 그것이 해방된 상태의 인간이다. 결혼은 그런 자연스러운 충동을 억압해서 허구의 가치를 만들어낸다. 운명적 사랑, 백년해로라는 개념을. 우리는 운명을 구속함으로써 운명을 만든다.

내 생각에 결혼의 핵심은 지키기 어려운 약속을 지키겠다는 선언에 있었다. 그 선언을 더 넓은 세상에 할수록 우리의 사랑은 더 굳건한 것이다. 그래서 우리는 예식은 거부하되 혼인신고는 했다. 우리는 국가를 향해 선언했다. 이 약속을 어기게 되면 그 상처가 반드시 어느 국가 서류에 흔적을 남기게 만들었다. UN이 혼인신고를 접수했다면 UN에 했을 것이다.

이것이 허구가 삶에 의미를 부여하는 과정이라고 생각한다. 가톨릭 사제의 삶이 왜 고귀한가? 하느님이 그 삶에 가치를 부여하기 때문인가? 신을 믿지 않는 나는, 사제들의 삶에 가치를 부여한 것은 사제들 자신이라고 생각한다. 인간이 지키기 어려운 구속을 받아들이겠다고 약속하고, 사제 서품을 통해 그 약속을 지키겠다고 선언하고, 사제복을 입고 자신이 선언자임을 언제나 다른 사람들에게 알리기 때문이다. 허구와, 허구가 만들어내는 구속을 받아들일 때 의미 있는 삶이 시작된다. 그것이 내가 이해하는 '2 더하기 2는 4'다. 이 수식은 넘어설 수 없는 한계지만, 동시에 많은 가치를 가능하게 하는 출발선이기도 하다. 공리 없이는 수학도 없다. 때로는 멍해지는 것이 좋지만, 언제까지나 선셋 세일링을 하고 있을 수는 없다. 우리의 삶은 바다가 아닌 뭍 위에 있다.

이런 차원에서 볼 때, '모든 억압에 반대한다'는 말은 그냥 난센스일 뿐이다. 물론 미신적이고 비본질적인 억압, 예단은 얼마를 해 가야 한다는 따위의 구속으로부터 해방돼야 한다. 그러나 해방 그 자체가 목적이 될 수 있을까? 그것은 언제나 가치를 찾는 여정의 한 수단이 되어야 하지 않을까?

모든 인위적인 억압으로부터 해방되면, 인간은 유인원이 된다. 일단 외출할 때에는 옷을 걸쳐야 한다는 사회적 억압에 반대해 여름에는 홀랑 다 벗고 다녀야 하지 않을까? 모국어라는 억압에서도 탈출해야 하지 않을까? '사과'를 '자갈'이라고 부르고 '나무'를 '개'라고 부르고 '만나서 반갑습니다'라는 말 대신 '뚫흙쪻땃찡부리쌍광쾅'이라는 새로운 인사말을 쓰는, 자기만의 언어를 창조해야 하지 않을까?

그래서 나는 '비독점적 다자연애' 같은 개념을 우습게 본다. 왜냐하면, 낭만적 사랑이라는 가치는 독점성과 배타성이라는 구속이 있어야 겨우 발생하는 허구이기 때문이다. 비독점적 다자연애에서 '연애'를 빼면 무엇이 남는가? 그것은 기껏 해봐야 호혜 평등한 섹스 서비스 교환에 지나지 않는다. 곧장 말해 섹스, 얄팍한 섹스다. 그게 사랑이면 딜도나 오나홀과도 사랑할 수 있다. 내 생각에 폴리아모리가 어쩌고 하는 인간은 '해방 놀음'에 빠진 철부지거나 욕 안 먹고 바람을 피우고 싶은 위선자 둘 중 하나다.

밤 11시께 식당에서 나왔다. 숙소 문 앞에 거대한 연체동물이 슬라임처럼 빠르게 기어가고 있었다. 크기가 내 엄지손가락만 하고, 집 없이 미끌미끌한 몸만 있는 민달팽이처럼 생겼다. 방으로 들어와서 자기 전에 그날의 생각을 마무리하는 결론을 수첩에 적었다. 수첩에 이렇게 적었다.

'멜랑콜리한 듀오와 슈뢰딩거의 고양이.'

그 메모를 적을 때는 그게 굉장히 재치 있으면서 의미 있는 키워드라고 생각했다. 그런데 글을 쓰는 지금은 '슈뢰딩거의 고양이'가 무엇을 뜻하는 얘긴지 전혀 기억이 나지 않는다. 수영장 물을 마시던 고양이 얘기는 아니었다. 어떤 양자역학적인 깨달음과 관련이 있었다.

인생에 대한 은유였을까? 남은 인생이 행복한지 불행한지 알기 위해서는 살아보는 수밖에 없다, 그 남은 인생에 적극적으로 간여할 수밖에 없다, 뭐 그런 생각이었을까? 지금 '슈뢰딩거의 고양이'로 재치 있고 의미 있는 이야기를 떠올리려니 그 정도 생각밖에 안 난다.

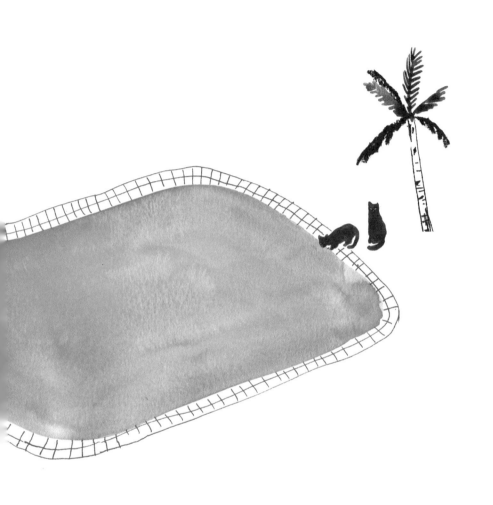

캘리포니아 드리밍과
수확체감의 법칙

"자기는 뭐가 제일 좋았어?"

아침을 먹으며 HJ가 내게 물었다. '여행이 거의 다 끝났다'라는 사실을 알려주는 질문이었다.

"나는 선셋 세일링."

내 대답에 HJ는 "그게?"라며 눈썹을 추켜올렸다.

"난 그거 되게 좋았는데. 바다 한가운데 있는 느낌이. 그러면 자기는 뭐가 좋았는데?"

내가 물었다.

"나는 리조트 전용 해변. 그다음은 우리 숙소 옆에 있던 수영장."

이번에는 내가 놀란 표정을 지을 차례였다.

"그게 그렇게 좋았어?"

"보라카이에서 어떻게 지내야 할지 이제 겨우 알 것 같아. 리조트에서 시간을 보내는 게 정답이야. 콘도처럼 이용하는 거지. 하지만 리조트에서 식사를 다 해결하려면 밥값도 많이 들고 좀 물리잖아. 그러니까 해 질 무렵에 D몰로 나가서 밥만 먹고 오는 거야."

그러면서 HJ는 전날 트랭크스 피규어를 들고 있던 꼬마의 어머니와 나눈 이야기를 들려주었다. 내가 꼬마와 《드래곤볼》 최강자 논쟁을 벌이고 있을 때 HJ는 꼬마의 어머니로부터 동남아 휴양지에 대해 설명을 들었다고 했다.

"그 집 가족이 동남아 휴양지를 자주 다녔나 봐. 세부랑 코타키나발루에 갔었대. 일단 세부는 엄청 크대. 그리고 한국 사람이 엄청 많대. 가게에서 한국어로 '여기요' 하면 직원이 '네' 하고 오는 수준이래. 시끌벅적하고 번화하기가 보라카이는 비교도 안 되나 봐. 휴양지보다는 유흥지에 가까운 거지. 코타키나발루는 그렇지 않고 참 조용하고 괜찮대. 특히 코타키나발루의 장점은 비행기에서 내리자마자 숙소에 갈 수 있다는 점이래. 공항 바로 옆에 리조트들이 있대. 도착하자마자 바로 쉴 수 있는 거지. 그런데 여기도 단점이 있어. 이슬람 국가라서 술 마실 곳이 거의 없대. 그리고 어디더라? 아, 베트남의 다낭. 거기도 공항 바로 옆에 리조트가 있대."

그러면서 HJ는 만약 세부나 코타키나발루, 다낭에 간다면 어떻게 할 건지를 열심히 설명했다.

"내 생각에는 동남아 휴양지는 다 구조가 비슷해. 우선 메인로드가 있어. 젊은 애들이 우르르 몰려서 노는 유흥가. 그런 거리에서 조금 떨어진 곳에 가족형 리조트가 있어. 부지를 조성해야 할 테니 메인로드에서 가까이 지을 수는 없겠지. 멀리 떨어질수록 더 크고 화려한 곳이 나오지 않을까. 우리가 앞으로 그런 휴양지에 간다면, 그렇게 안에서만 며칠을 머물러도 좋은 리조트에서 푹 쉬다가 밥을 먹거나 흥겨운 분위기를 즐기고 싶을 때만 메인로드로 가는 거야."

그렇게 말하고서 HJ는 한숨을 쉬었다.

"왜 한숨을 쉬어?"

"이렇게 여행 구상을 해도 막상 가보면 또 실수할 거 같아서. 큰 구조는 비슷하다 해도 세세한 디테일은 다르잖아. 예를 들어 우리가 코타키나발루의 어느 호텔을 가게 되면, 거기에는 또 나름의 특성이 있을 텐데 우리는 그걸 모르고 부딪치게 되겠지. '아니, 여기 왜 이래?', '어라, 여기에 이런 길이 있었네?', '아 이 수영장은 아침에 와야 그늘이 져서 좋구나', '이 수영장은 오후에 한가하구나' 이런 걸 4일째에야 겨우 알게 될 텐데, 그러면 집으로 가야 할 시간이지."

HJ가 말했다.

"하긴, 그런 건 블로그를 봐도 알 수가 없고."

"알 수가 없지. 그렇게 후기를 자세히 쓰는 사람은 없으니까. 블로그 주인들도 성향이 다르고. 내가 어제 느낀 건데, 일단 다른 사람들은 우리만큼 음악을 좋아하지 않는 거 같아. 라이브 뮤직 듣는 거. 나는 첫째 날이나 어제나 밤에 식당에서 음악 들은 게 정말 좋았거든. 그런데 그 공연을 본 게 우리밖에 없어. 나는 이 리조트에 머물면 그거 보러 밤마다 식당에 갈 거 같은데. 페어웨이 리조트 후기를 내가 한국에서 그렇게 많이 읽었는데, 여기 식당에서 밤마다 음악을 연주한다는 얘기는 어떤 블로그에도 없었어. 어제 우리가 공연 보는데 얼마 들었는지 알아? 팁까지 합쳐서 258페소였어. 한국 돈으로 7500원도 안 되는 돈으로, 완전히 VIP석에 앉아서 노래를 들었지."

"3박 4일이 아니라 5박 6일이나 6박 7일로 오는 게 어때?"

내가 제안했다.

"5박 6일? 그건 좀 길지 않나?"

"뭐 어때. 어차피 비행기 값은 그대로인데. 대신에 같은 휴양지에 두 번 가지 않으면 되지. 날짜를 길게 잡으면 땡처리 항공권 같은 걸 쉽게 구할 수 있지 않을까? 첫째 날은 리조트에서 쉬면서 몸 풀고, 둘째 날과 셋째 날에 메인로드나 리조트를 탐색하는 거지. 그리고 넷째 날, 다섯째 날에는 본격적으로 즐기는 거야. 그렇게 5박 6일이나 6박 7일을 한 세트로 삼는 거야."

그 말을 듣고 HJ는 한참 생각에 잠겼다. 내 말에 썩 동의하는 눈치는 아니었다. 그 제안에 끌리면서도, 예산 걱정을 떨칠 수 없는 듯했다. HJ는 혼잣말을 하듯 작은 목소리로 이렇게만 논평했다.

"만약 그렇게 온다면 첫째 날은 무조건 몸을 만들어야 돼. 아무 데도 나가지 않고 둘째 날부터 잘 놀 수 있게 몸을 다져놔야 해."

그러자 나는 이 여행이 인생에 대한 비유와도 같다는 생각이 들었다. 여정의 중반을 넘기고서야 어떻게 하면 시간을 의미 있고 즐겁게 보낼 수 있는지 알게 된다. 다시 한번 처음부터 시작하면 진짜 잘할 수 있는데, 생각하면서.

유년기에는 '둘째 날'부터 잘 놀 수 있게 몸을 다져놔야 한다. 오전이나 젊은 시기에 맥주를 너무 많이 마시면 안 된다. 만약 그러면 남은 시간을 짜증이나 내다가 흘려보내게 된다. 스스로 즐거워지는 법을 찾아내야 한다. 그러나 아무리 애를 써도 여행은 계획대로 되지 않는다. 수도 없이 계획을 변경하다 겨우 즐기는 법을 깨달았을 때, 그때 집으로 돌아가야 한다. '아, 딱 이틀만 더 놀다 가면 좋겠는데'라고 아쉬워하면서.

보라카이에서의 마지막 날 오전은 인피니티 풀에서 보내기로 했다. 셔틀버스에는 뚱뚱한 서양 할아버지가 젊은 필리핀 여자와 함께 앉아 있었다. 나와 HJ가 버스에 오르자 할아버지가 대뜸 나를 향해 "셔츠가 예쁘군" 하고 말을 걸었다. 그 말에 나는 내가 무슨 티셔츠를 입고 있는지 내려다보았다. 내가 집에서 청소를 하거나 운동을 할 때 종종 입는 빨간 셔츠였다. 가슴에는 '캘리포니아 드리밍'이라고 써 있었다.

"고맙습니다. 선생님 셔츠도 좋은데요?"

할아버지는 '오하이오 스테이트'라고 써진 티를 입고 있었다. 나는 그에게 오하이오에서 왔느냐고 물어보았다.

"아니오, 플로리다에서 왔소. 그쪽은 어디서 왔소?"

"서울이요. 서울이 플로리다보다 좋은 곳이라고는 말 못 하겠네요."

"서울이라. 서울은 못 가봤는데. 난 아시아는 많이 다녔는데 서울은 못 가봤소. 한국이랑 태국은 못 가봤소."

"한국이랑 태국을 안 가보셨다고요?"

아시아 찾는 서양인치고는 참 특이한 사람이네, 라고 생각하며 내가 물었다. 서울도 나름 핫 플레이스 아닌가?

"못 가봤소. 난 골프 치는 걸 좋아해서 아시아 도시들을 다니면서 골프를 치고 있소. 필리핀에서는 마닐라랑 보홀을 갔소. 서울에도 괜찮은 골프 클럽이 많소?"

"별로 그렇진 않아요."

HJ가 껴들었다. 그 할아버지는 서울에 대해 이것저것 물었다. 주로 골프 이야기였다. 한국에서 골프 피가 미화로 얼마쯤 하느냐는 질문에 나는 내가 골프를 안 쳐서 잘 모르겠다고 대답했다. HJ는 한국에는 산이 많고 인구밀도가 높아 골프장이 많지 않으며 주로 부자들이 골프를 친다고 설명했다.

할아버지가 약간 놀라는 표정을 지었다. 나는 할아버지의 놀라는 표정을 흉내 내며 HJ를 바라보았다.

"혹시 그쪽도 서울에서 왔나요?"

내가 HJ에게 물었다. 서양인 할아버지와 필리핀 여자는 의아해하는 표정을 지었다. 나는 그들에게 "아, 제가 이 여자분을 어제 나이트클럽에서 처음 만났거든요"라고 말했다. 필리핀 여자가 폭소를 터뜨렸다. HJ도 웃으며 좋아했다.

"당신들은 결혼했소?"

할아버지만 혼자 웃지 않았다.

"했죠. 오늘 아침에. 이따 오후에 처가에 가서 인사를 드려야 합니다."

필리핀 여자는 내 유머를 너무 재미있어했다. 할아버지는 전혀 웃지 않았다. 할아버지는 이렇게 말했다.

"나도 이 여자를 어제 나이트클럽에서 만났는데."

"우리가 어젯밤에 같은 나이트클럽에 있었을지도 모르겠군요."

"아주 예쁜 여자들이 많은 클럽이었소."

할아버지의 얼굴에는 여전히 웃음기가 없었다. 슬슬 나는 이게 농담인가, 진담인가 의심스러워졌다. 내 농담이 자기를 공격하는 거라고 여긴 건가? 셔틀버스에서 내린 뒤 대충 손을 흔들고 서둘러 우리 갈 길을 갔다.

인피니티 풀에는 어느 단체 여행객들이 수영장과 선베드를 점령해 앉을 자리가 없었다. 새벽 4시에 도착해 시끄럽게 떠들었던 그 대가족이 아닐까 싶었다.

다소 높은 부지에 지어져 수영장을 내려다보는 구조인 관리사무소 옆으로 작은 테라스가 있었다. 우리는 관리사무소에 들어가 그 테라스에 의자를 가져다 앉을 수 있느냐고 물었다. 그랬더니 직원들이 친절한 미소를 지으며 그리로 테이블과 의자를 가져다주었다. 갑자기 그 자리가 인피니티 풀 최고의 명당이 되었다. 바다가 한눈에 보이고, 수영장도 한눈에 보이고, 머리 위로는 나무 그늘이 있었다. 경치가 너무 좋아서 수영하고 싶은 마음도 들지 않을 정도였다.

"휴양 여행인데 진짜 바빴어. 계속 스케줄 만들고 그 스케줄대로 움직여야 했어. 두 시간 간격으로 이동하고 전투하듯이 먹고 전투적으로 수영하고. 패키지 여행이면 그냥 가이드가 가자는 대로 따라가면 되는데. 자기는 내가 스케줄 고민하고 그런 거 알아?"

HJ가 말했다. 나는 '당연히 안다'는 의미로 내시처럼 연신 고개를 끄덕였다. HJ는 말을 이었다.

"여기 와서 깨달은 건데, 행복을 느끼기란 정말 어려운 일인 거 같아."

"그래?"

내가 물었다.

"내가 '나의 행복 리스트'를 정리하는 거 알지? 행복을 느낄 때마다 스마트폰 캘린더에 그 날짜랑 이유를 적어놓는 거. 그런데 보라카이에 온 다음에 그 리스트에 올라간 순간이 없어. 그정도로 행복을 느낀 적이 없어."

"어젯밤에 식당에서 음악 들으면서 좋아하지 않았어?"

"그게…… 좋긴 좋았는데, 뭔가 약간 부족했어. 그게 뭔지 나도 잘 모르겠어. 내 행복 리스트에 뭐가 적혀 있는지 알지?"

"다 먹는 거잖아."

내가 대답했다.

"토요일 아침에 소파에 편히 앉아서 컴퓨터로 〈라디오 스타〉 보면서 자기가 사 온 샌드위치 먹으면서 모닝커피를 마셨다, 이런 게 적혀 있어. 그게 그렇게 행복했던 거야. 그런데 보라카이에서는 행복을 느끼지 못했어."

"여기 음식이 별로라서 행복을 못 느꼈나?"

사실 보라카이에서 파는 요리들은 그냥 괜찮은 정도였다. 엄청난 맛집은 없었다. 그리고 HJ는 음식에 관한 한 기준이 엄청나게 까다로우니까―.

"심지어 내 행복 리스트에 이런 것도 있어. 올해 6월에 지방선거가 있었어. 그때 투표하러 가면서 신도림중학교 옆을 걸어가는데 여름이 다가오는 걸 느낄 수 있었어. 나무에 파릇파릇하게 잎이 났더라고. 그 길을 걸어가는데 그때 너무 행복했거든. 왜 그날은 내 행복 리스트에 오르는데, 화이트 비치에서 석양을 본 경험은 목록에 오르지 못하지?"

나는 그 이유를 알 것 같았다. HJ가 가난한 집 딸의 자세를 아직 떨쳐내지 못했기 때문이다. 어떤 즐거움을 맛볼 때도 늘 본전을 생각하는 습관이 그녀의 몸속 깊이 배어 있는 것이다. 토요일에 소파에 편히 앉아서 컴퓨터로 〈라디오 스타〉를 보는 데에는 전기료밖에 들지 않는다. 샌드위치는 내가 전날 밤에 마트에 갔다가 사 온 떨이 상품이다. 30퍼센트나 40퍼센트 정도 할인된 물건이었을 것이다. 그녀가 마시는 커피는 인스턴트커피 중에서는 꽤 가격이 비싼 '프리미엄 제품'이지만, 그래 봐야 스틱 하나에 350원 정도밖에 안 한다. 이 정도 비용을 들이고 이 정도 기쁨을 맛보다니! 그게 HJ가 그 순간을 행복하게 느낀 이유다.

지방선거일은 덤으로 생긴 공휴일이다. 여름이 오는데 HJ가 기여한 바는 없다. '난 아무것도 한 게 없는데 날은 따뜻해졌고, 오늘은 주말도 아닌데 쉬는 날이야! 아싸!' 그래서 HJ는 그 순간을 행복 리스트에 올린 것이다. 하지만 보라카이에서 느끼는 모든 즐거움에는 상당한 요금이 따라붙는다. 그리고 우리는 즉물적인 쾌락을 맛볼 때도 실은 무의식중에 비용 대비 편익을 계산한다.

HJ는 이야기를 계속했다.

"왜, 《안나 카레니나》에 행복한 가정과 불행한 가정에 대해 말하는 문장 있잖아. '행복한 가정은 모두 엇비슷하지만 불행한 가정은 불행한 이유가 다 다르다'였던가? 그만큼 행복해지려면 여러 조건이 필요하다는 뜻인 거지. 그중 한 조건만 모자라도 불행한 거고. 행복을 느끼려면 알맞은 온도, 멋진 경치, 적당한 배부름이 필요해. 배부른 게 아주 배불러서도 안 돼. 그리고 갈증이 나지 않아야 하면서 화장실도 가지 않아야 하고, 몸의 자세도 편안해야 하고."

"화장실은 다녀오면 되지, 뭐."

"예를 들면 그렇다는 거지. 다른 조건은 다 만족스러운데 오줌 마려워서 방광이 터질 것 같고 주변에 화장실이 없으면 행복할 수 없다는 거야. 선베드에 누워 있더라도 어떤 자세가 안 좋으면 '어, 목 뒤가 불편한데?', '왼쪽 발꿈치가 너무 간지러워' 이런 식으로 계속 뭐가 신경이 쓰여. 어제도 바닷가에 누워 있는데, 좋긴 좋은데, 바람이 부니까 너무 추운 거야. 그래서 조금 몸을 움직여서 그늘 밖으로 나가면 햇볕 때문에 타 죽겠더라고. 환장하겠더라."

"필로폰 한 방 맞으면 어디에서건 다 행복해지지 않을까?"

내가 말했다. HJ는 내 말에 대꾸하지 않고 하던 말을 계속했다.

"내 행복은 왜 이리도 조건이 많을까. 요건이 한 100가지는 될 거 같아. 같이 있는 사람이 좋은 사람이면서 나랑 친하면서 또 나를 배려해줘야 하고, 어떤 각도에서도 내 신경을 긁으면 안 돼. 선글라스만 하나 잃어버려도 불행해져. 읽지도 않을 책을 방에 놔두고 와도 우울해. 그 책을 꼭 여기서 읽어야만 내 행복이 완성되는데, 이러면서. 갖고 와도 한 장도 채 안 읽을 거면서. 다 이런 식이야. 행복은 그냥 마음먹기 나름인 걸까? 그러면 애초에 보라카이에 올 필요도 없었던 것 아닐까?"

"응?"

계속 필로폰 생각을 하던 나는 흠칫 놀라며 정신을 차렸다.

"그 100가지 요건을 다 충족시키려고 애쓰는 게 무슨 소용이 있나. 사실 선글라스가 없어도 마음을 잘 먹어서 행복해져야 하는 거잖아. 그런데 그런 식으로 따지면 애초에 아름다운 풍경이 뭐가 필요해? 그냥 집에 있으면서 마음만 잘 먹으면 되는 거잖아."

HJ가 말했다.

"글쎄, 잘 모르겠어. 야사(野史)에 보면 사명대사가 일본으로 갔을 때 일본 사람들이 사명대사가 있는 방에 엄청나게 불을 땠대. 골탕 먹이려고. 그런데 나중에 방문을 열어보니까 사명대사는 바닥에 얼음 '빙(氷)' 자를 써놓고 앉아 있는데, 방 천장에 고드름이 달려 있고 그랬대."

"역시 모든 것은 마음먹기 나름이다?"

"아니, 우리가 사명대사 경지에 오르는 건 힘들다는 얘기야. 그 경지에 어떻게 올라."

"뭐야, 그게."

HJ가 어이없다는 표정으로 나를 바라보았다.

"사명대사 경지에 오르려면 엄청나게 수련을 해야 할 거 아냐. 그렇게 해서까지 오로지 마음만으로 행복을 얻어야 하는 건지 잘 모르겠어. 그런 수련을 하느니 조금 자존심 굽히고 더워 죽겠을 때 밖에 나가서 불 좀 줄여달라고 사정하는 게 낫지. 경제학에 수확체감의 법칙이라고 있잖아. 처음에는 생산요소 어느 하나를 투입하면 그만큼 수확이 늘지만, 충분히 투입한 상태에서는 생산요소를 투입한다고 그만큼 수확이 늘지 않는다는 법칙이지."

"그런 게 있었나?"

"예를 들어 과수원에 비료를 뿌려. 비료를 전혀 안 뿌렸을 때보다 1킬로그램을 뿌리면 열매가 그만큼 많이 열리겠지? 하지만 비료를 10킬로그램을 뿌린 상태에서 1킬로그램을 더 뿌리면별 차이가 안 나. 그리고 똑같은 과수원을 그냥 사람 없이 방치하다가 농부 한 사람이 들어가서 잡초도 뽑아주고 벌레도 잡아주면 열매도 그만큼 많이 거둘 수 있겠지? 하지만 이미 농부 열사람이 그 과수원에서 일할 때는 거기에 한 사람이 더 추가된다고 그렇게 수확이 늘어나지 않아. 그러니까 비료도, 사람도 양쪽다 어느 정도 적정선까지는 투입하는 게 경제적이야. 어느 하나만으로 과수원을 운영하겠다는 건 어리석은 일이지. 농부는 한명도 안 쓰면서 비료량을 100톤 쓸 걸 110톤으로 늘리느니, 그러지 말고 비료량을 오히려 줄이면서 일꾼을 고용하는 게 나아. 그게 소출을 늘리는 데 훨씬 더 도움이 되지. 그 반대도 마찬가지고. 비료는 하나도 안 쓰면서 농부를 100명 고용하고 그걸 또

110명으로 늘리느니, 사람을 줄이고 비료를 뿌리는 게 나아. 우리 행복도 마찬가지 아닐까?

행복을 얻기 위해 투입해야 하는 생산요소가 한 종류가 아니라 여러 종류인 거지. 거기에는 성숙한 인격도 필요하고, 돈도 필요해. 그리고 거기에도 수확체감의 법칙이 작동해서, 그런 요소 중 어느 것 하나만 잔뜩 넣는다고 해서 쉽게 행복감이 높아지지는 않는 거야. 물질적인 방면으로는 전혀 노력을 들이지 않고 정신력으로만 행복을 성취하겠다고 하면 사명대사 수준으로 도를 닦아야 해. 반대로 정신적인 노력 없이 물질적인 비용만으로 행복을 얻는 것도, 그러려면 패리스 힐튼급으로 돈이 많아야 할걸? 그런데 행복해지기 위해서 그렇게까지 부자가 되어야 할까? 선글라스가 없을 때 옆에서 매니저가 '여기 선글라스 있습니다'라면서 재빨리 내주는 것도 좋지만 그런 정도는 정신력으로 커버하면 되지. 개인 매니저는 너무 비싸잖아."

HJ는 내 말을 곰곰이 생각하더니 고개를 끄덕였다. 그녀가 제기한 반론은 이 정도였다.

"그런 밸런스를 찾기 어렵지 않을까?"

"내 생각에는 그런 밸런스 찾기 쉬워. 어느 정도의 절제력과 현재 가치로 1억 5000만 원 정도의 연봉이면 누릴 수 있을 거 같아."

"1억 5000만 원을 위해 달려야겠군."

"정신도 중요하고 물질도 중요하다. 그리고 또 하나, 육체적 단련도 필요해. 그건 돈으로도 안 되고 정신으로도 안 돼."

내가 말했다.

"아, 맞아. 그건 돈으로도 살 수 없어."

HJ가 맞장구를 쳤다.

"응, 물질계가 두 종류야. 육체와 돈. 아마 먼 미래가 되면 나노머신 같은 게 생겨나서 몸이 아픈 것도 돈으로 금방 해결할 수 있겠지만."

"내가 지금까지 말한 건, 신체 건강을 기본으로 깔고 얘기한 거야."

"응, 돈으로 사소하게 사서 해결할 수 있는 건 돈으로 해결하는 게 옳아. 일본 가고 싶은데 방에다 일본 그림 그려놓고 만족하는 것보다 그냥 일본 가는 게 나아. 그게 훨씬 더 싸게 먹히는 거야. 그런데 아직은 건강은 돈으로 살 수 없으니 평소에 운동을 해야지. 그리고 정신력도 진짜 중요해. 이게 나의 행복 철학이다. 정신, 육체, 돈의 삼각형 이론."

점심때 인피니티 풀에서 나왔다. 셔틀버스에 오를 때 HJ가 말했다.

"그런데 여기 참 쌌어. 비행기랑 숙소로 한 사람당 60만 원이 들었어. 그러고 나서는, 우리가 먹고 마시는 데 쓴 건 얼마 안 돼. 집에 갈 때까지 1인당 75만 원 이내로 돈이 들 것 같아. 나흘 동안 이렇게 쉬고 노는 데 75만 원이면 꽤 괜찮지 않아?"

중세풍 모험과
게을러터진
바다사자

체크아웃을 한 뒤 컨시어지에 짐을 맡기고 '디니위드 비치'에 갔다. 리조트 직원이 삼륜 택시를 불러주었다. 디니위드 비치는 화이트 비치 북서쪽에 있는 해변으로, 예쁜 카페가 많다고 했다. HJ가 가려고 하는 곳은 '나미레스토랑'이라는 식당과 '스파이더 하우스'라는 카페 겸 호텔이었다.

디니위드 비치는 화이트 비치와 파라다이스 비치의 중간 정도 되는 느낌이었다. 파라다이스 비치처럼 어떤 호텔이나 리조트가 배타적으로 소유한 땅은 아니어서 이런저런 가게들이 있었고 관광객도 더러 있었지만 화이트 비치보다는 훨씬 조용했다. 크기도 화이트 비치보다는 훨씬 작았지만 파라다이스 비치처럼 아담하지는 않았다. 여기도 물이 아주 얕은 듯했다. 바다는 옥빛이었고, 꽤 멀리서 물놀이를 하는 사람들도 가슴이 물 밖으로 나와 있었다. 해변에는 야자수가 많았고, 바다에는 파라우가 여러 대 떠 있었다.

디니위드 비치 한쪽은 낮은 절벽이었는데, 그 절벽에 나미레 스토랑이 있었다. 바위 옆으로 난 계단을 따라 올라갔더니 경치 좋은 정자가 나왔다. '아, 여긴가' 하면서 우리는 정자에 앉아 바다를 내려다보았다. 그런데 아무리 기다려도 종업원이 오지 않았다. 알고 보니 정자 뒤편에 초인종이 있었다. 그 초인종을 누르자 잠시 뒤 우지직하는 소리와 함께 대나무로 만든 엘리베이터가 내려왔다.

엘리베이터는 꽤나 덜컹거렸다. 엘리베이터라기보다는 공사장의 호이스트 카 같은 느낌이었다. 4인용이라지만 덩치 큰 사람 네 명이 타면 위로 올라가는 대신 무너질 것만 같았다. 한쪽 벽에는 '소음과 진동은 심장에 좋습니다'라고 적혀 있었다. HJ와 나는 엘리베이터를 타고 30미터쯤 올라가는 동안 한마디도 하지 않았다.

엘리베이터에서 내리자 우리가 정자인 줄 알았던 대기실과는 비교도 안 되는 전망이 펼쳐졌다. 바다와 해변을 마당처럼 내려다보는 입지였다. 그렇게 높이서 내려다보는데도 바닷속 돌들이 선명하게 보였다. 공기도 물도 그만큼 깨끗했다.

우리는 그중에서도 전망이 끝내주는 자리에 앉았다. 고소한 필리핀 바비큐 소스 냄새가 났고, 잔잔하게 재즈 음악이 흘렀다. 음식값이 비싸기로 소문난 곳이라 처음부터 여기서는 음료수만 마시기로 했었다. 나는 카페라테를 주문하려 했는데, 메뉴판에는 아예 라테가 없었다. 그쯤 되자 필리핀 사람들의 취향에 뭔가 심각한 문제가 있는 것 아닌가 하는 생각이 들었다. 결국 나는 망고 셰이크를 시켰고, HJ는 칼라만시 셰이크를 시켰다. 칼라만시 셰이크를 한 모금 마신 HJ는 이맛살을 찌푸렸다.

"어제 오징어에 뿌려 먹은 바로 그 신 소스 맛이야."

HJ가 말했다. 나는 내 발에서 썩은 냄새가 나는 게 신경이 쓰였다. 남들 몰래 코를 킁킁거리며 조심스럽게 냄새를 맡아보니 다행히 발 고린내는 아니었다. 샌들에서 나는 냄새였다. 샌들을 한 번도 제대로 말리지 않고 해변이며 수영장 근처를 들락날락하다 보니 가죽이 젖었다 말랐다 하면서 썩어가는 듯했다.

나미레스토랑을 나와서는 근처 명물 카페라는 스파이더하우스에 갔다. 나미레스토랑이 절벽 끝에 있어서 나는 당연히 백사장 쪽으로 가려 했는데, HJ가 반대 방향으로 나를 잡아끌었다. 알고 보니 막다른 길이라고 생각했던 곳에 바위 동굴이 있었고, 동굴을 지나 암초 위에 대나무로 만든 집이 있었다.

3층집이라고 해야 할지, 아니면 4층집이라고 해야 할지 설명하기 곤란한 묘한 생김새였다. 어쩌면 5층이나 6층으로 계산해야 할 것 같기도 했다. 밖에서 보면 지붕 아래 공간이 사람이 머물 수 있는 펜트하우스인지 아닌지에 따라 3층 또는 4층 건물 같았는데, 안에 들어가서 보면 여러 층으로 되어 있는 신기한 구조였다. 암초 위 적당히 평평한 공간마다 대나무로 마루를 깔았기 때문에 건물이 그렇게 된 것이었다.

스파이더하우스의 가장 낮은 층이 식당이었는데, 대나무로 만든 마루가 바다에서 1.5미터가량 위에 있었다. 대나무 사이 틈으로 바닷물과 검은 바위가 보였다. 천장도, 기둥도 각목과 대나무로 되어 있었다. 천장에는 샹들리에가 걸려 있었는데, 그 샹들리에도 나무로 만들어져 있었다. 내부 인테리어는 거미줄을 테마로 잡고 있어서 곳곳에 거미줄이 그려져 있었다. 천장에 걸린 전등갓 주변에도 거미줄 모양으로 끈을 쳐놨다. D몰에 있던 '호빗하우스'보다 오히려 이곳이 요정과 난쟁이가 중세풍 모험을 벌이기에 더 적합해 보였다.

좋은 자리를 탐색하던 우리는 다른 층으로 올라갔다가 남의 숙소에 들어갈 뻔했다. 바다를 향해 뻥 뚫린, 반쯤 실외인 공간이 객실이었다. 벽도, 문도 없었다.

"여기가 필리핀 전통 양식으로 지은 건물이래. 그걸 호텔로 활용하는 거야. 우리로 치면 한옥 펜션쯤 되는 거지."

HJ가 설명했다. 그다지 쾌적하지는 않지만 이런 '자연주의'를 좋아하거나 이 구조를 재미있다고 생각하는 사람들이 있어서 상당히 인기라고 했다. 이곳은 보라카이에서 가본 카페나 식당 중에 한국인이 가장 적은 업소였다. 손님들 대부분은 백인이었다. 서양 사람들에게는 대나무가 정말 힙하게 느껴지는 모양이다.

바다가 바로 내려다보이는 자리는 모두 백인들이 점령했기에 우리는 마루 안쪽의 그늘진 자리에 앉았다. 종업원이 거미 줄무늬가 그려진 방석을 가져다주었다. 대나무로 만든 좌식 의자에 방석을 깔고 앉았는데, 겉보기와 달리 굉장히 편했다. 게다가 우리 위치에서도 바다는 훤히 잘 보여서, 앉고 보니 아주 좋은 자리였다. 뙤약볕 아래 있는 다른 손님들이 불쌍하게 생각될 정도였다.

몇몇 백인은 그 살인광선 아래 대나무로 만든 침상을 갖다 놓고 눕거나 엎드려서 도마뱀처럼 꼼짝도 하지 않고 있었다. 피부도 약한 사람들이 왜 그렇게 몸을 태우려 드는지 알 수가 없었다. 피부암에 직방으로 걸릴 것 같은데. 내 살갗도 어깨며 종아리가 햇빛으로 인한 화상 때문에 온통 껍질이 일어나고 있었다.

당연히 카페라테는 없었고, 나는 바나나 주스를 주문했다. HJ는 산 미구엘을 시켰다. 식당 층도 바다를 향한 면에는 벽이고 난간이고 아무것도 없어서, 맥주를 마시다 원하면 언제든지 바다에 뛰어들 수 있었다. 실제로 갓 스물 정도 되어 보이는 젊은이들이 그러고 있었다. 젊은이들은 물개처럼 바다로 뛰어들었다가 옆에 있는 대나무 사다리를 타고 올라오기를 반복했다. 그때마다 바닷물이 내 발치까지 튀었다. 다행히 샌들은 벗어서 살인광선이 쏟아지는 위치에 놓고 잘 말리는 중이었다. 강렬한 자외선으로 가죽이 살균이 될 것 같았다. 안쪽으로 튄 바닷물은 대나무 마루를 조금 적시고 아래로 빠졌다.

메뉴판에 무료 와이파이가 된다고 써 있는 문구를 보고 휴대전화를 꺼내 나흘 만에 인터넷에 접속했다. 그사이에 내가 베스트셀러 작가가 되지는 않았다. 한국에서 제일 큰 이슈는 수능 어느 문제의 복수 정답 논란이었다. 뉴스를 조금 읽던 나는 흥미를 잃고 이내 전화기를 끄고 말았다.

한 소녀가 마루 끝에 서서 뛰어들지 말지를 몇 분이나 망설였다. 뒤에서 한 청년이 살금살금 다가가 소녀를 밀었다. 소녀는 비명을 지르며 아래로 떨어졌고 다른 청년들은 모자란 물개들처럼 끽끽 웃었다. 젊은이들은 열심히 술을 마시고 열심히 담배를 피우고 열심히 웃고 열심히 시시덕거렸다. 그 가게에 있는 사람 중 내가 제일 늙은 인간이었다. 따져볼 여지도 없었다. 그리고 그 가게에 있는 사람 중 내가 가장 정숙한 인간이었다. 몸을 제일 많이 가렸고, 술도 안 마셨다.

216

그사이에 HJ는 맥주를 다 마시고 두 번째 병을 주문했다. 우리는 다리 없는 의자에서 점점 등이 아래로 내려와 마침내는 게을러터진 바다사자 같은 자세가 되었다. 천장을 쳐다보니 선풍기 팬이 바람이 아니라 최면을 일으키겠다는 각오로 천천히 돌아가고 있었다. 천장을 가로지른 대들보와 기둥을 보니 약간 불안해졌다. 기둥은 각목을 여러 개 묶어서 만든 것이었는데, 개중 어떤 나무는 한눈에 보기에도 꽤 썩어 있었다. 내 몸 아래 대나무 마루도 쉴 새 없이 소금물에 절여져 무너지기 일보 직전인 것 아닐까? 2층 마루는 괜찮을까? 선풍기를 걸어놓은 저 끈도 영 부실해 보이는데…….

그러나 나는 이미 정신이 바다사자와 같은 상태였기 때문에 '아무려면 어떠랴' 하는 생각이 들었다. 아내랑 신혼여행 와서 마지막 날까지 잘 놀다가 대나무 지붕에 머리를 맞아 죽으면 그것도 괜찮지 않은가, 적어도 내가 잘못한 일은 없지 않은가, 하는 생각이었다. 젊은이들도 선풍기 팬이 떨어져서 손가락이 하나나 두 개쯤 잘린다면 잘린 손가락을 들고 킬킬 웃으면서 댓츠 오케이, 암 쿨, 그럴 것 같았다.

"이런 가게 주인이 되고 싶어. 왜냐하면, 여기는 사람들이 다들 행복해 보여. 손님들 웃음소리가 끊이지 않고. 무슨 축제 속에서 사는 것 같아."

HJ가 나와 비슷한 상태였는지, 게으름이 뚝뚝 묻어나는 목소리로 말했다.

"주인이 되면 축제 속에 사는 기분은 전혀 들지 않을걸."

내가 심드렁하게 대꾸했다.

"사람이 왜 그렇게 속이 꼬였어? 젊은 남자애들이랑 젊은 여자애들이 막 웃으면서 좋아하니까 자기도 기분 좋지 않아?"

"아니, 전혀 아닌데. 젊은 애들이 울거나 성내는 걸 보면 마음이 아프긴 한데, 이렇게 젊음을 만끽하면 그건 또 그것대로 싫어. 내 젊음도 아닌데. 어린애들은 서툴고 쑥스럽게 웃는 게 딱 귀엽고 좋다고. 저렇게 방방 뛰어노는 건 싫어. 난 쟤들 나이 때 신촌의 더러운 호프에서 김빠진 가격 파괴 맥주를 마시며 겨우 젊음을 맛봤다고. 그거 분명히 남은 맥주 재활용한 거였을 텐데."

"그래도 난 여기가 좋아. 보라카이에서 가본 카페나 식당 중에 제일 마음에 들어."

HJ가 고집했다. 나는 지금 이 순간도 그녀의 '행복 리스트'에 오를지 궁금했다. HJ는 한 가지가 부족하다고 했다.

"음악이 별로야. 너무 휴양지 음악이야. 지금 나오는 건 밥 말리잖아. 아임 해피, 유 아 해피, 위 아 해피, 이런 경박한 음악은 싫어. 좀 더 공격적이고 쿵쿵거리는 음악이 나와야 해."

HJ가 말했다.

나는 깜빡 잠이 들었다. 처음에는 누가 내 옆을 지나간 줄 알
았다. 대나무 마루가 들썩였기 때문이다. 그러나 대나무는 사람
이 지나가서 흔들린 것이 아니라 굉음에 가까울 정도로 큰 음량
의 음악 소리 때문에 위아래로 떨리는 것이었다. 엄청나게 공격
적이고 쿵쿵거리는 라운지 음악이었다.

음악 소리 때문에 정신이 멍해진 채로 HJ가 있는 쪽을 돌아봤
더니 HJ는 누워서 춤을 추고 있었다. 방석 위에 누워서 팔다리
를 흔드는 모습이 갓난아기 같았다. 보라카이에서 본 한국 여자
들은 뭘 해도 남의 시선을 조금씩 의식하는 느낌이었는데, 그 순
간 HJ는 다른 사람의 시선 따위는 조금도 신경 쓰지 않고 있었
다. 마약이라도 한 건가.

HJ 앞에는 산 미구엘 맥주병이 세 병 놓여 있었다. 그중에 빈
병은 한 병밖에 없었다. 둥그런 샌드위치도 절반쯤 먹고 남은 상
태로 맥주병 옆에 있었다.

"이거 다 자기가 시킨 거야? 왜 맥주를 다 마시지도 않고 새
병을 시켰어?"

내가 물었다.

"미지근해져서. 남은 맥주 자기가 마셔. 난 차가운 맥주 마실

테니까. 그리고 이건 에그 샐러드 브렉퍼스트 랩이라는 건데, 맛
있어. 보라카이에 와서 마지막 날에 드디어 맛난이를 찾았네."

나는 어이가 없어서 한숨을 쉬고 미지근한 맥주를 마셨다. 산
미구엘은 그렇게 미지근해졌어도 그럭저럭 맛이 좋았다. 탄산
맛으로 마시는 한국 맥주와는 달랐다. 나는 에그 랩도 먹었다.
과연 보라카이에서 먹은 음식 중 가장 훌륭했다. 보라카이에서
'처음 경험하는 맛인데, 다시 먹고 싶다'는 마음이 들게 한 음식
은 피시 시나강과 에그 랩뿐이었다.

내가 에그 랩을 먹는 동안 HJ는 내 머리를 쓰다듬어주겠다면
서 발바닥을 들어 내 머리를 만지려 했다. 내가 손으로 그 발을
치우자 이번에는 발가락을 내 콧구멍에 넣으려 했다. 바닥에 누
워 춤을 추면서.

"아니, 왜 이래, 진짜?"

"모래 별로 없어. 내 발 깨끗해."

나는 다시 한숨을 쉬고 에그 랩을 마저 먹었다. 마지막 한 입
이 영 잘 씹어지지 않아 이상하다 생각하고 있었는데, 알고 보니
에그 랩을 싸고 있던 포장지를 열심히 씹고 있었다. 종이 일부는
이미 삼킨 듯했다. 맥주로 입을 헹궜지만 기분은 영 찜찜했다.

"여기가 마음에 들면 저녁때까지 있어도 돼."

내가 그렇게 말했지만 HJ는 고개를 저었다. 화이트 비치에 가

서 석양을 마지막으로 한 번 더 보고 싶다고 했다. 게다가 마침 지드래곤의 노래가 나왔기 때문에 HJ는 치를 떨며 자리에서 일어났다.

"웬 지드래곤? 디니위드 비치가 갑자기 광안리가 돼버렸어."

HJ가 말했다.

"마사지 받으러 가자."

트라이시클을 타고 D몰로 나왔을 때 내가 HJ에게 말했다. 노을을 보려면 아직 두어 시간이 남았고, 그때까지 딱히 할 일이 없었다. HJ도 고개를 갸웃하다 결국 내 의견에 동의했다. 카페에서 시간을 보내는 일은 아무래도 이제 물리는 모양이었다.

'빅토르오르테가'라는 이름의 마사지숍이 크고 깨끗해 보이기에 그리로 들어갔다. 카운터에서 먼저 마사지를 받을 부위를 선택하게 돼 있었다. 나는 머리와 등과 어깨를 골랐다. HJ는 얼굴과 발을 골랐다. 2층에 올라가 마사지를 받는데 등과 어깨를 받을 때까지만 기억이 난다. 그다음이 머리 마사지였는데 남자 마사지사가 귀를 만질 때 좀 떨떠름한 기분이 들었던 게 마지막 기억이다. 눈을 떠보니 머리맡에 '팁은 따로 주셔야 합니다'라고 적힌 카드가 놓여 있었다. 마사지를 받은 게 아니라 시간 여행을 한 기분이었다.

"자기는 어쩌면 그렇게 곤히 자?"

HJ가 옷을 입으며 물었다.

"몰라. 난 누가 머리만 만져주면 바로 잠이 들어. 미용실 가서도 만날 자. 무슨 강아지 유전자 같은 게 몸에 섞여 있나."

"옆에서 자기 마사지사가 자기한테 묻더라고. '괜찮아요?' 그러니까 자기가 괜찮다고 대답하더라. 그런데 마사지사가 두 번째로 '괜찮아요?'라고 물으니까 그때부터는 대답을 안 하더라고."

HJ는 "얼굴 마사지를 받는 동안 이마가 뚫리는 줄 알았다"고 하면서도 "몸이 말랑말랑해졌다"며 좋아했다.

"몸이 녹은 버터처럼 되었어. 이런 맛에 마사지를 받는 거구나. 이유는 잘 모르지만 소화도 되게 잘된 거 같아."

우리는 팁을 두둑이 남겼다. 마사지사가 방으로 돌아와서는 횡재했다는 얼굴이 되었다. 건물을 나가며 HJ는 '다음에 동남아에 오면 마사지를 또 받겠다'고 말했다.

"원기가 회복된 느낌이야. 난 원래 몸이 항상 차거든. 그런데 지금은 손발이 뜨끈뜨끈해."

HJ가 말했다.

"그게 그렇게 좋았어? 내가 마사지를 배워서 앞으로 자기한테만 원씩 받고 해줄까?"

"마사지 되게 힘든 거야. 자기가 만 원 받고 못 해. 굉장히 고된 일이야."

"마사지 전동 의자라도 하나 살까? 홈플러스 가면 입구에 매번 할아버지들이 그 전동 의자에 앉아 있던데."

대강 해변 방향을 가늠한 뒤 골목으로 들어갔다. D몰이 아닌 골목은 D몰과 풍경이 천양지차였다. 허름한 가게들과 현지인들이 이용하는 식당이 나왔다. 일꾼들이 어른 키만 한 공사 자재들을 들고 좁은 골목을 다녔다. D몰이 이 골목이 있는 곳으로까지 넓어지는 중이었다.

오후 6시가 되기 조금 전에 화이트 비치에 도착했다. 해가 지기 직전이었다. 전날에는 없었던 초승달이 손톱처럼 서쪽 하늘에 걸려 있었다. 가느다란 금 같았다. 별들이 떴다. 술집들이 불을 켰다. 보라카이 해변은 일요일 저녁이나 월요일 저녁이나 분위기가 다르지 않았다. 필리핀 바비큐 소스 냄새가 나고, 술과 기대에 취한 젊은이들이 왁자지껄하게 떠드는 소리가 뒤에서 들렸다. 우리는 바닷가에 앉았다.

HJ와 나는 말없이 석양을 구경했다. HJ는 중간에 한번 입을 열어서 칼리보 공항 옆 유료 라운지를 이용하는 방법과, 필리핀을 떠나기 전에 페소를 환전해야 하는 이유를 열정적으로 설명했다. 그리고 다시 한동안 말이 없었다.

벌써 술에 취한 사람들이 잡상인에게서 산 레이저 포인터로 먼 바다를 향해 불빛을 발사했다. 초록색 광선이 멀리 날아가 물 위에 이상한 도형을 그렸다. 먼바다에서는 높은 파도가 벽처럼 보였다. 그러나 화이트 비치 백사장 앞의 파도는 잔잔하기만 했다.

"보라카이에 한 번 더 오고 싶어."

내가 말했다.

"진짜?"

HJ가 말했다.

"응, 이렇게 오기 힘든 곳만 아니면 자주 오고 싶어. 싸고, 참 괜찮지 않았어?"

"사실 내가 세부랑 코타키나발루랑 다낭이랑 검색해봤거든. 그런데 역시 보라카이가 가격 경쟁력이 있더라고. 겨울에 추울 때 페어웨이 리조트로 오면 좋을 거 같아."

"아, 그때도 페어웨이로?"

내가 물었다. 뭔가를 반복하는 걸 싫어하는 HJ가 그런 얘기를 하다니, 뜻밖이었다.

"응, 페어웨이는 우리가 이제 이용하는 법을 알잖아. 그리고 페어웨이가 상당히 저렴한 리조트더라고."

"난 좋아. 익숙한 걸 좋아하는 인간이니까."

"다음에 온다면 일단 첫째 날에 마사지를 받겠어. 나는 사실

아까 마사지를 받으면서 겨우 여독이 풀리는 거 같더라. 도착하자마자 마사지를 받고 첫째 날에는 아무것도 안 하고 리조트에서 쉴 거야. 그리고 리조트에서 전용 해변이랑 인피니티 풀이랑 우리 숙소 앞에 있던 수영장을 왔다 갔다 하다가 저녁에 D몰에 나와서 밥을 먹는 거지. 그리고 다시 리조트로 돌아가서 또 수영을 하고 밤에는 식당에서 음악을 들어. 하루는 D몰을 가지 않고 스파이더하우스를 갈 거야. 밤에. 그리고 거기서 밥을 먹고 술도 마셔. 수영도 하고. 그리고 숙소에 돌아와서 또 수영을 할 거야."

HJ가 말했다. 나는 고개를 끄덕였다.

"하지만 그 전에 먼저 코타키나발루에 가겠어."

HJ가 덧붙였다.

바람 소리, 파도 소리가 들렸다.

승합차의
최종 도착지와
유황 지옥에
빠지는 기분

여행사 직원을 오후 7시 반에 페어웨이 리조트 로비에서 만나기로 약속했다. 그러려면 오후 7시에 버짓마트에서 리조트로 가는 셔틀버스를 타야 했다.

그때까지는 시간이 좀 남았으므로, 우리는 D몰 입구에 있는 커피 전문점인 '카페 델 솔'에 갔다. 보라카이에 오기 전 읽은 여행 책자에는 카페 델 솔이 '보라카이에서 그나마 제대로 된 커피를 맛볼 수 있는 곳'이라고 적혀 있었다. 여기에는 카페라테가 있었다. 하지만 내가 뜨거운 카페라테를 달라고 하자 점원은 눈을 둥그렇게 뜨고 나를 쳐다보았다. 내가 시킨 게 원숭이 골이나 모기 눈알이라도 된다는 듯한 반응이었다. 그는 몇 번이나 주문을 확인했다. 카페라테요? 뜨거운 거로요?

카페라테 맛은 그저 그랬지만, 그래도 마시니 몸에서 활기가 솟았다. HJ는 망고바나나 셰이크를 마셨다. HJ는 회사 사람들에게 선물한다고 기념품 가게를 기웃거렸다. 열쇠고리니 냉장고에 붙이는 자석이니 비누니 하는 것들을 파는 상점이었다.

"자기는 그런 걸 받아서 기분 좋은 적 있었어? 정 사람들한테 뭘 사주고 싶으면 밥 먹고 커피나 한 잔씩 돌려."

내가 핀잔을 줬더니 HJ는 잠시 생각을 하다가 내 말이 맞다며 가게에서 나왔다. 대신 우리는 말린 바나나를 몇 봉지 더 사기로 했다. 설탕 첨가 건바나나와 무설탕 건바나나를 두 봉지씩 더 샀다.

왔을 때와 똑같은 교통수단을 정확히 역순으로 타고 공항에 갔다. 바퀴 달린 바구니 같은 승차 공간이 있는 개조 차량, 배, 좌석이 아주 좁은 승합차. 개조 차량이 위험천만한 커브를 달리는 것이나 승합차가 위아래로 덜컹거리는 것이나 아주 똑같았다. HJ는 승합차 안에서 "이놈의 보라카이……"라며 이를 갈았다. 불과 두 시간 전에 다시 오고 싶다고 한 장소였는데.

"아니, 보라카이야 섬이니까 모든 도로가 왕복 2차선인 건 이해하겠는데, 왜 선착장부터 공항까지도 내내 왕복 2차선이야? 여기는 고속도로가 없나? 일부러 고속도로 요금 내기 싫어서 이면도로로 달리는 건가? 그리고 왜 이렇게 차를 꺾어대? 길이 똑바로 나 있지 않은 거야? 커브 틀 때마다 무슨 롤러코스터를 탄

것 같아. 차는 서스펜션이 왜 이리 후져?"

나는 분노에 차서 지껄였다.

"이건 시작일 뿐이야. 비행기가 아직 남았다고."

HJ가 겁에 질린 목소리로 말했다.

오후 9시쯤 공항에 도착했는데 인천행 비행기는 자정 넘어 출발 예정이었다. 칼리보 공항의 라운지 시설은 한국의 동네 시외버스터미널만도 못한 수준이어서, 거기서 세 시간을 버티겠다는 결심은 상당한 각오가 필요한 일이었다. 한국 관광객은 대부분 공항 옆에 따로 지어진 유료 라운지를 이용했다. 여행사들이 유료 라운지와 연계를 맺고 있어서, 승합차의 최종 도착지가 공항이 아닌 그런 라운지 한 곳의 로비였다. 일부러 사람들을 녹초로 만들려고 차를 험하게 몰았나 하는 의심마저 들었다.

음료수든 음식이든 사람당 뭔가 하나씩을 주문해야 라운지를 이용할 수 있었다. 라운지에서는 한식을 팔았는데 가장 싼 메뉴가 김치볶음밥이었다. 가격은 330페소. 보라카이에서 먹은 요리들에 비하면 충격적으로 비싼 값이었다. 사실상 쿠션 있는 의자와 무료 와이파이에 책정된 요금이었다.

우리를 제외한 한국인 관광객들은 한 사람도 예외 없이 김치볶음밥을 먹으며 스마트폰을 들여다보고 있었다. 기괴한 광경이었다. HJ는 처음에 다른 사람들을 비웃었다.

"아니, 조금만 참으면 이제 곧 원 없이 한국 음식을 먹을 텐데, 뭘 그걸 못 참고 여기서부터 김치볶음밥이야? 참내."

한 시간쯤 지난 뒤에 HJ가 내게 물었다.

"나 김치볶음밥 한 그릇 시켜도 돼?"

330페소짜리 김치볶음밥에는 반찬이 두 종류가 나왔는데 하나는 배추김치고 다른 하나는 무김치였다. 김치에 목말랐던 한국인을 위한 식사였다. HJ는 볶음밥의 묵은지가 아주 제대로라며 엄지손가락을 세웠다.

HJ가 밥을 먹고 있을 때 여행사 직원이 우리 자리에 와서 CD를 한 장 주고 갔다. CD 표지에는 우리 얼굴 사진이 인쇄돼 있었다. 스쿠버다이빙을 할 때 찍은 사진과 동영상이 담긴 CD였다. 연락처도 남기지 않았는데 어떻게 우리를 찾았는지 정말 신기했다.

나는 비행기 안에서 잠을 거의 자지 못했다. 의자는 여전히 불편했고, 햇볕 화상 때문에 온몸이 가려웠다. 새벽에는 정말 괴로웠다. 할 일이 없어서 《동물들의 침묵》을 거의 다 읽었다.

새벽 5시에 인천공항에 도착했다. 수하물 수취대에서 사람들을 보니 아주 가관이었다. 젊은 여자들의 얼굴은, 음, 여자들의 그런 얼굴은 태어나서 처음 보았다. 대학생 때 MT 둘째 날 아침에 보는 여학생들의 얼굴과도 달랐다. 민낯이 아니라 화장을 한 상태였고 마스카라도 잘 살아 있는데 표정은 다 썩어 있었다. 네댓 살쯤 되어 보이는 아이가 수취대 주변을 뛰어다니는데 아이의 눈 아래에도 다크 서클이 커다랗게 져 있었다.

신도림행 공항버스는 새벽 6시 15분에 첫차가 있었다. 버스가 운행할 때까지 빈사 상태인 HJ를 자리에 눕혔다. 내가 무릎베개를 해주자 HJ는 머리에서 미열을 내며 금방 잠이 들었다.

리무진 버스에서는 조금 눈을 붙였다. 그러다가 버스가 한강에서 목동으로 들어갈 때쯤 잠에서 깼다. 멍하니 안양천과 도림천 주변 풍경을 보았다. 천변에 빽빽이 심은 나무들에 단풍이 든 모습이 그렇게 쓸쓸하고 아름다울 수 없었다. 에어서스펜션이 달린 대형버스는 잘 포장된 도로를 매끄럽게 달렸다.

버스에 설치된 TV에서 나오는 아침 방송 프로그램에서 말린 과일의 위험성을 열심히 경고하고 있었다. '기준치 초과'니 '이산화황'이니 하는 붉은 자막들이 느낌표와 함께 화면에 퍽퍽 찍혔다. 표백제와 설탕이 그렇게 잔뜩 들었다나. 그게 말린 바나나 여섯 봉지를 들고 한국에 와서 처음으로 본 TV 방송이었다.

HJ는 집에 들어오자마자 침실로 들어가 쓰러졌다. 나는 이것저것 급하게 해야 할 일들이 있어서 바로 눕지는 않았다. 일단 화분에 물을 줘야 했고, 썩은 내가 나는 샌들도 더 내버려둘 수 없었다. 샤워를 하면서 못 쓰는 칫솔로 샌들을 박박 문질렀다. 그다음에야 겨우 침대로 기어들었지만 잠이 오지 않았다. 빈속이라서 그런 것 같았다.

결국 HJ를 놔둔 채 혼자 밖에 나가 신도림 테크노마트 지하의 푸드코트에 갔다. 회사원들 사이에 섞여서 자리를 차지하고 5000원짜리 왕돈가스를 사 먹었다. 밥은 무한 리필이었다. 탄수화물을 흡입하고 나니 눈꺼풀이 무거워져 겨우 잠을 잘 수 있었다.

오후에는 목욕탕에 갔다. 온탕에 들어갔더니 유황 지옥에 빠지는 기분이었다. 살갗이 벗겨지는 듯했다. 저녁에는 HJ와 순댓국을 먹으러 나갔다. 뜨끈뜨끈한 국물을 먹고 싶었다. 서울은 편하고 좋았다. 사람 걷는 길과 차도가 구분돼 있어서 차를 신경쓸 필요가 없었고, 인도가 널찍해 다른 사람과 부딪칠 걱정 없이 몸에 힘을 빼고 걸을 수 있었다. 그러나 하늘은 구름이 낀 건지 안 낀 건지 알 수 없었고, 해가 져도 별은 하나도 보이지 않았다. 순댓국은 아주 맛있었다.

밤에는 빨래를 했다. 세탁기가 돌아가는 동안 HJ는 말린 바나나를 먹었다. 설탕에 절인 바나나와 무설탕 바나나를 절반씩 섞어 그릇에 부어 먹었다.

"맛있어. 좀 더 사 놓을걸."

HJ가 말했다.

밤이 되어서야 스쿠버다이빙 CD가 생각이 났다.

HJ가 자러 들어갔을 때 나는 방에서 혼자 CD를 노트북에 넣고 폴더를 열었다. 사진이 여러 장 있었고, 동영상도 있었다. 손님들을 보낸 뒤 저녁에 동영상 편집 작업을 했을 스쿠버다이버들을 생각하니 고마운 마음이 절로 들었다.

동영상 플레이어의 재생 버튼을 누르자 배를 타고 바다로 나갈 때 들었던 신나는 음악이 나왔다. DJ DOC의 노래였다. DJ DOC가 6년 만에 낸 복귀 앨범에 있는 곡. (널 위한 이 노래를 들어줄래?)

동영상은 3분 35초 분량이었는데, HJ와 내가 나온 장면이 2분이 넘어 보였다. "카메라가 계속 그쪽 커플만 찍더라"던 아저씨의 볼멘소리는 과장이 아니었다. 왜 유독 우리 커플에 주목했는지는 잘 모르겠다. 그냥 행운이었던 것 같다. (나에겐 음악과 그대가 없었다면 나는 거지!)

물속에서 나는 꽤 얼어 있었다. 물고기 떡밥을 들고 있는 손을 거의 움직이지도 않았고, 팔이나 다리 동작도 상당히 뻣뻣했다. 무서웠기 때문이다. 그에 비하면 HJ는 상당히 자연스러웠다. 그녀는 물속에서 춤을 추는 것처럼 유연하게 몸을 움직였다. (절대 피지 않아 바람, 평생 함께할래 나랑?) 주로 HJ가 팔을 뻗거나 손가락으로 V 자를 그리는 등의 자세를 취하면 내가 바보처럼 그

걸 따라 했다. HJ가 떡밥을 풀자 진청색 물고기, 노란색 물고기, 흰색과 검은색의 줄무늬가 있는 물고기가 그녀 곁으로 모여들었다. (너 없이 없어 내 인생의 설계)

우리가 입을 맞추는 장면도 동영상에 담겨 있었다. HJ와 나는 서로 마주 보고 호흡기를 뗀 다음 입술을 쑥 내밀어 키스했다. 그러고는 재빨리 물안경 안으로 들어온 물을 뺐다. (함께한다면 행복할 거야 언제까지 우린-노 다웃!) 둘 다 제법 능숙해 보였다. 실내 이론 교육과 얕은 물에서의 실기 연습 덕분이었다. 나는 서로 사랑하는 법, 의미 있게 사는 법도 누군가 얕은 물에서 친절하게 가르쳐줬으면 좋겠다고 생각했다.

나는 허구에 대해서 생각했다. 때로는 관습이라는 이름으로, 때로는 해방이라는 명목으로, 때로는 삶의 의미라는 구실을 내세워 다가오는 허구들. 나는 그 허구들에서 벗어날 수 없다. 인간은 쉴 새 없이 허구를 만들어내고 그 허구 속에서만 살 수 있는 존재다. 심지어 나는 그 일로 돈을 벌려 하고 있다. 허구는 익사에 대한 공포와 수면 위로 탈출할 수 있다는 믿음이며, 바닷물이자 산소통 그 자체다. 어떤 허구에는 다른 허구로 맞서고, 어떤 허구에는 타협하며, 어떤 허구는 이용하고, 어떤 허구에는 의존할 수밖에 없다.

나는 그날 밤 동영상을 몇 번이나 되풀이해서 보았다.

21개월 뒤

이러저러한 물 순환의 단계와
앰브로즈 비어스의 최후

"너무 돈 얘기가 많아. 우리는 참 돈 얘기를 많이 해. '이거 너무 싸서 참 좋다, 이건 너무 비싸서 안 좋다' 그런 이야기를 끊임없이 해."

HJ가 말했다. 그게 《5년 만에 신혼여행》 초고를 읽은 그녀의 첫 감상이었다.

"돈 얘기는 좀 줄일까?"

내가 물었다.

"아니, 우리가 실제로 그러고 사는걸, 뭐. 괜찮아. 그것보다 난 지드래곤 얘기를 뺐으면 좋겠는데. 내가 지드래곤 음악 나오니까 치를 떨었다는 부분 읽고 빅뱅 팬들이 나 신상 캐고 사이버 공격하면 어떻게 하지?"

"설마, 그렇게까지 할까. 오히려 지드래곤 팬들에겐 흐뭇한 대목 아냐? 그날 스파이더하우스는 최고로 핫하고 힙한 음악만 틀어줬다고. 딱히 한국 관광객이 많은 것도 아니었는데. 그러니까 그 부분은 지드래곤이 월드클래스임을 보여주는 증거가 되는 거지."

나는 약간 자신 없는 목소리로 말했다.

우리의 금슬은 다시 좋아졌다. 글쎄, 이 글을 쓰는 지금에 이르러서는 5년 만의 신혼여행에서 우리가 어떤 교훈을 하나 얻었다고 생각한다. 그 전까지 우리는 부부 간의 사랑이 어떤 바다 같은 거라고 착각하고 있었다. 바다는 가만히 있어도 그 위로 비가 내린다. 땅에 내리는 비도 이러저러한 물 순환의 단계를 거쳐 결국 바다로 돌아온다. 결혼이라는 약속은 사회적으로, 또 개인적으로도 상당한 구속력을 발휘하기 때문에 어지간한 갈등을 무마시키는 힘이 있다. 그럴 때면 사소한 싸움도, 물이 바다로 돌아오는 과정처럼 보인다. '칼로 물 베기' 어쩌고 하는 속담도 그래서 나온 것이리라.

하지만 실제로는, 그 구속력은 물 순환을 일으키는 자연의 힘에 비하면 터무니없이 약하고 예외가 많다. 우리의 사랑은 바다보다는 호수에 가까웠다. 호수의 수량을 유지하려면 강에서 물을 계속 공급받아야 한다. 노력을 들여 강의 흐름과 유량을 섬세히 관리하지 않으면 어느 날 갑자기 호수의 수위가 쑥 낮아질 수도 있다. 우리가 보라카이에서 둘째 날 겪은 일이 바로 그런 것이었다.

보라카이에서 돌아와 며칠 뒤에 테크노마트에 가서 하이브리드 자전거를 받았다. 전에 타고 다니던 미니벨로와는 비교도 할 수 없이 빨라서, 처음 탈 때는 약간 무섭다는 느낌마저 들었다. 요즘은 겨울만 아니면 일주일에도 몇 번씩 이 자전거를 끌고 나가 한강 둔치를 달린다. 도림천으로 나가서 안양천을 지나 한강에 이르고, 거기에서 기분 내키는 대로, 동쪽이나 서쪽으로 간다. 동쪽으로 갈 때는 마포대교나 63빌딩까지, 서쪽으로 갈 때에는 방화대교나 아라뱃길 한강갑문까지 간다.

《호모도미난스》는 끝내 베스트셀러가 되지 못했다. 들인 공에 비해 판매량은 너무 시원찮았다. 그래도 영화화가 진행 중이기 때문에 거기에 기대를 걸고 있다.

나는 다소 우울하게, 소설가로서의 전망에 큰 확신을 품지 못한 채 2014년을 보냈다. 그러다 2015년이 되자마자 두 문학상을 연달아 받는 바람에 얼떨떨해졌다. 《한국이 싫어서》는 그해 5월에 출간됐는데, 내가 쓴 책 중에서 처음으로 상업적인 반향이 있었다. HJ의 이야기이자 내 이야기인 소설이었다.

밥을 먹으면 즉시 곯아떨어져야 하는 신체 특성은 아직 진지한 의학적 주제는 아닌 모양이다. 나는 이 증상이 기면증의 일종이며, 제대로 연구가 이뤄져야 한다고 믿는다. 그냥 식곤증이니 '푸드 코마'니 하고 가벼이 부를 일이 아니다. 괴로운 사람은 정말 괴롭다. 과민성대장증후군도 함께.

보라카이에 다녀온 뒤로 HJ는 나의 그런 체질을 심각하게 받아들이게 됐다. '이제껏 10년도 넘게 옆에서 봐 왔으면서 내가 밥을 먹으면 바로 자야 하는 몸인 걸 몰랐다니!' 하고 서운한 마음이 들기도 했다. 그런데 생각해보니 나도 내가 그런 체질인 것을 서른이 넘어서야 알았다. 그러니까 HJ와 처음 사귈 때에는 우리 둘 다 내 신체 특성을 몰랐다. 그런 내 체질—체질이 아니라 병이라고 주장하고 싶지만—은 부모님도 동생도 모른다.

내가 10대 때 유독 괴로웠던 이유가 나의 그런 체질을 몰라서였지 않았을까? 밥을 먹고 30분씩 누워서 잘 수 있었다면 덜 꼴사납게 사춘기를 보낼 수 있지 않았을까?

아마 HJ의 성향과 특성에 대해서도 내가 여전히 모르는 것이 많겠지. 지금도 서로에 대해 배워야 할 사실들이 많겠지.

주말에 같이 집에서 점심을 먹고 나면 나는 말없이 침실로 기어들어가 잔다. 이전까지 HJ는 나의 그런 행동에 주목하지 않았다. 이제는 가끔 그럴 때 침실에 따라 들어와서 잠에 빠져들려는 내게 말을 건다.

"아주 혼자 알아서 잘 자는구만? 배부르게 밥 먹고, 사이다 한

캔 따악 마시고, 커튼 치고, 따뜻하게 이불 덮고."

"아니, 그게 뭐 잘못됐어? 왜 시비야."

수마(睡魔)와 싸우며 내가 힘겹게 대꾸한다.

"이는 닦았어?"

"응, 닦았어."

40년 조금 넘게 살면서 10년은 어머니에게 이를 닦으라는 잔소리를 듣고 10년은 아내에게 이를 닦으라는 잔소리를 듣는다. 20대 중반에서 30대 중반까지, 양치를 안 하고 잘 수 있는 자유가 있을 때가 좋았다. 그렇다고 그 시절 매일 밤 양치질을 안 했다는 이야기는 아니고……. 그런데 달콤하게 졸릴 때 이를 닦았다가 잠이 달아나면 얼마나 억울한지 아는가.

HJ가 말한다.

"만세 부르는 것처럼 그렇게 양팔을 올리고 눈 감고 누워 있는 걸 보면, 정말 행복해 보여."

"안 그래. 얼마나 고민이 많은데. 마감을 과연 지킬 수 있을까, 다음 문단은 어떻게 써야 되나, 빨래는 언제 해야 하나……. 정말 고민이 한두 가지가 아니야."

"얼굴은 진짜 행복해 보이는데."

"머리 쓰다듬어줄 거 아니면 나가."

HJ는 내 머리카락을 몇 번 휘젓고 방을 나간다.

나는 행복한 걸까?

앰브로즈 비어스는 《악마의 사전》에서 행복을 이렇게 정의한다. '행복: 타인의 불행을 바라보며 얻는 쾌감.'

글쎄, 나는 냉소적이기는 하지만 공감 능력도 있다. 살아 있는 사람이나 동물의 고통을 부러 찾아보거나 듣는 타입의 인간은 아니다. 또 내게는 동질감을 느끼면서 다른 구성원의 성취와 포기를 시샘하거나 자극을 받을 수 있는 또래 집단이 유난히 없다. 대학 동기들은 대체로 이공계 분야에서 일하고 있고, 신문사에 남은 동료들의 근황 역시 내게 단순한 흥밋거리 이상은 되지 않는다. 누가 승진을 했다든가, 누가 특종을 썼다든가……. 이제는 다 너무나 먼 얘기로 들린다. 나이가 엇비슷한 친척들은 다들 잘 살고 있는 것 같은데, 나는 솔직히 그들이 무슨 일을 하는지도 정확히 알지 못한다.

나는 대신 수많은 평행우주에 있는 장강명을 상상한다. 식사를 한 뒤 사무실에서 졸음을 참으며 바로 오후 업무를 해야 하는 장강명. 아니면 너무 바쁘거나 돈이 없어서 제대로 끼니를 때우지도 못하는 장강명. 사랑하는 여인과 결혼하지 못한 장강명. 말썽쟁이 자식들에게 시달리는 장강명. 그들의 불행에 대해 생각하면서 나는 행복해진다. 모두 허구이지만, 이 행복감은 실체다. 허구라는 건 정말 굉장하다. 우주 몇십 개를 새로 만들어내는 데에도 별 힘이 들지 않는다.

다만 그런 허구가 제대로 위력을 발휘하려면 형식적이면서도 실체적인 종지부가 필요하다. 그렇지 않으면 멋진 허구가 개별성을 얻지 못한 채 다른 허구와 섞이고, 흐려지다가 이내 사라져버린다. '2014년 11월에 나는 HJ와 3박 5일로 보라카이에 신혼여행을 다녀왔는데, 이런저런 교훈을 얻었고, 전체적으로 너무 좋았다'고 매듭을 지어야 한다. 그래야 그 사건이 하나의 이야기로 설 수 있고, 이후의 다른 사건들이 그 이야기에 침입하지 못한다.

앞으로 우리 부부에게 어떤 일이 일어날지 모른다. 이런 에세이를 써놓은 주제에, 내가 술에 취해 바람을 피우게 될지도 모르고, HJ가 운명적인 사랑을 발견해 나를 떠날지도 모른다. 그러면 아마 이 책은 결혼과 사랑과 믿음에 대한 지독한 아이러니의 사례가 되겠지. 나는 두고두고 놀림감이 될지도 모른다.

그러나 설령 그런 일이 벌어진다 해도, '2014년 11월에 나는 HJ와 3박 5일로 보라카이에 신혼여행을 다녀왔는데, 너무 좋았다'는 이야기는 본질적으로 훼손되지 않는다. 주인공들은 이야기 속에서 행복하고, 결말은 '너무 좋았다'이다. 나는 2014년 11월을 그 이야기로 기억할 것이다. 그리고 그 이야기는 내 인생에서 틀림없이 좋았던 부분을 틀림없이 좋은 것으로 지켜준다. 그게 이야기의 힘이다. 그 힘을 얻고 싶어 이 에세이를 쓴다.

앰브로즈 비어스라도 이 의견에 대해서는 고개를 끄덕여주지 않을까? 그는 인간 본성이나 사회 현상에 대해서는 냉소적이었지만, 젊은 작가들에게 친절했고 누구보다 '멋진 이야기로서의 인생'을 산 사람이었다. 그는 신문기자였고 소설가였다. 일흔이 넘은 나이에도 판초 비야가 이끄는 농민 혁명군을 취재하려고 멕시코에 갔고, 혁명군과 함께 다니다 행방불명됐다. 이쯤 되면 거의 황홀한 종지부다.

나의 영웅 인디아나 존스 박사도 청소년 시절 멕시코에 갔었고, 판초 비야로부터 케추아어(語)를 배웠다. 영화 〈인디아나 존스: 크리스털 해골의 왕국〉과 TV 시리즈 〈영 인디아나 존스〉를 보면 그렇다고 나온다.

내가 방금 만든 평행우주에서는 70대의 앰브로즈 비어스와, 40대의 판초 비야와, 아직 10대인 존스 박사가 1916년경에 멕시코 정글에서 조우한다. 풋풋한 소년 인디아나 존스에게 멕시코 혁명가가 원주민 언어를 가르치고, 나이 많은 미국 저널리스트는 시니컬하게 웃는 법을 전수한다.

그 평행우주에서 시간이 흘러 흘러 2020년이나 2025년쯤이 되면, 지구 반대편에서 HJ와 내가 다시 한번 보라카이를 찾아 즐거운 시간을 보낸다. 우리는 코타키나발루와 다낭, 세부, 오키나와에 가고, 적당히 돈을 벌고 건강을 유지하면서 '정신, 육체, 돈의 삼각형 구상'을 실현한다. 힘들고 성가신 일은 '마냐나'로 미룬다. 2034년에는 이벤트업체를 고용해 은혼식을 여는데, 좋아하는 친구들만 초대하고 음악을 빵빵하게 튼다. 우리는 2014년 11월 이후로 결코 다투지 않는다. 그렇게 서로 사랑하며 함께 살다 같은 날 눈을 감는다.

그런 우주를 상상한다.

작가의 말

2016년 8월 현재, 저희 부부는 아직까지 잘 살고 있습니다. 보라카이에 다녀온 뒤로 부부 싸움을 한 적은 없습니다. 아직 코타키나발루나 다낭, 세부에는 가지 못했습니다.

오키나와에는 다녀왔습니다. 즐거운 여행이었습니다. 마지막 날 둘러본 슈리성(城)이 특히 인상적이어서, 그 성을 배경으로 하는 환상소설을 구상하기도 했습니다.

요즘은 리그베다 위키 대신 나무 위키에 자주 들어갑니다.

236, 237쪽에 나오는 괄호 속 문장들은 DJ DOC의 노래 〈투게더〉의 가사입니다.

이 에세이에 나오는 '허구'에 대한 생각들은 존 그레이의 《동물들의 침묵》을 읽다가 착안한 부분이 많습니다. 좋은 책을 번역해주신 김승진 선배께 감사드립니다.

말린 바나나는 아직도 다 먹지 못했습니다.

이 책에 다른 분들께 전하는 교훈이 있다면, '여행지에서는 음식을 너무 많이 사 오지 말자'는 것입니다. 그 외에 다른 주장은 없습니다.

제가 제대로 사는 건지는 여전히 잘 모르겠습니다. 더 즐겁고 의미 있게 사는 방법을 늘 고민합니다.

김준섭 편집자님과 한겨레출판 관계자 분들께 감사드립니다.

고집불통 아들을 키우느라 고생이 많으셨던 부모님께도 깊이 감사드립니다.

그리고 HJ에게.

고마워, 사랑해.

2016년 여름, 장강명

5년 만에 신혼여행

ⓒ 장강명 2016

초판 1쇄 발행 2016년 8월 18일
초판 6쇄 발행 2021년 1월 15일

지은이 장강명
펴낸이 이상훈
편집인 김수영
본부장 정진항
문학팀 김준섭
마케팅 천용호 조재성 박신영 조은별
경영지원 정혜진 이송이
디자인 송윤형

펴낸곳 한겨레출판㈜ www.hanibook.co.kr
등록 2006년 1월 4일 제313-2006-00003호
주소 121-750 서울 마포구 창천로 70(신수동) 화수목빌딩 5층
전화 02) 6383-1602-1603 │ 팩스 02) 6383-1610
대표메일 munhak@hanibook.co.kr

ISBN 979-11-6040-001-4 03810

- 책값은 뒤표지에 있습니다.
- 파본은 구입하신 서점에서 바꾸어 드립니다.